父《ちち》母《はは》の記

——私的昭和の面影

Kyōji Watanabe
渡辺京二

平凡社

目次

父母《ちちはは》の記　5
い、ひとと逢う　83
吉本隆明さんのこと　151
橋川文三さんのこと　167
佐藤先生のこと　179
熱田猛の思い出　211
あとがき　251
初出一覧　253

父《ちち》母《はは》の記

――私的昭和の面影

父《ちち》母《はは》の記

私の誕生日は戸籍上は昭和五年（一九三〇年）八月一日となっている。生まれたところは京都府紀伊郡深草町とある。でも母によると、本当の誕生日は九月一日なのだそうだ。当時父は二号さんの家に入り浸りになっていて、わが家にはめったに帰ってこなかった。それで届けがおくれたが、そのとき父が八月一日と間違えて届けた。九月一日は関東大震災の日で、ゲンが悪いから八月一日にしたと父は言っているが、それはあとで思いついた言い訳で、たんに女に血迷っていたからわが子の生まれた日も間違えただけのことだと母は言っていた。なるほど届け出は一一月二八日になっている。

父と母のことを書いておかねばとずっと思っていた。もう残された日々も少なくなったいま、実行に移そうというのだが、ふつうなら親の恥とみなされることも憚りなく書きたい。それが恥とは思わないからだ。父は母と結婚以来、おそらく敗戦で大連から引き揚げる怱忙の間を除いて、ずっと隠し女がいた人であった。隠し女といっても、本人は隠したつもりでも、勘のいい母には作ったとたんバレていた。母はそれをけっして許さぬ人であった。

京都にいたころは隠す気もなかったらしい。当時父は日活専属の活動弁士をしていた。派手な職業で、女がいて当然である。私より三歳上の姉は父の二号さんの家へ連れて行かれた記憶を持っていた。父は甲斐性のある男は二号を持って当然だと考えていた人で、妾宅に娘を平気で連れて行く。母から「どんな女かしっかり見ておいで」と言いつかったものだと、晩年になって笑って打ち明けてくれた。だとすると、このころは母も黙って目をつむっていた訳だ。

それどころか、母が父と結婚してみると、何とすでに芸者に生ませた子がいた。母はその子、つまり私より一二歳上の異母兄を引き取って、わが子として育てあげ、私はずっとその人を同腹の兄と信じていた。

まず父と母の、結婚するまでの履歴を書いておこう。と言っても、ある時期までそんなものに関心はなく、本当は二人の育ちや若い時分のことはほとんど知らぬのである。父とは縁が薄かったから仕方がないが、せめて母のことは生存中もっと聞いておくべきだったと悔まれる。

父は明治三一年の生れで、京城で育った。里は熊本県菊池郡の龍門という村で、事情は知らぬが子どものうちに親と朝鮮へ渡ったらしい。小学校を了えたあと、電気関係の専門学校を出たとのことで、そう言えばわが家で電気の故障があると難なく直していた。どういう経緯からか、大正一〇年には熊本市山崎町の相撲館の弁士となっている。むかしの映画は無声だったので、説明したり声色を遣ったりする弁士というものがいた訳で、これも芸能だから弁士は一種のスターだった。

いささか文学青年の気もあったようで、母の話では、結婚前に寄こした手紙にジャン・クリストフと署名したのがあったそうだ。言うまでもなく、大正年間に邦訳されてはやったロマン・ロランの小説の主人公である。

だが私が少年のころには、この人は自分の息子が本を読むのを嫌うようになっていた。街に出て小学生の私に「何か買ってやろう。何がいいか」と聞くので、「本」と答えると、「また本か。そんなもの読んで何になる」と言うのが口癖だった。それでいて買ってはくれるのだが、ある日自分から買ってくれたのが何と『お金の話』。いま考えると経済学を子ども向きに説いた本で、こちらは幼なりといえどすでに活字中毒だから読みあげてはみたものの、つくづくと詰らなかった。

母は明治三四年の生まれ、昭和天皇と同年である。熊本市古城《ふるしろ》堀端町の生まれ。料亭新茶屋のすぐ近くだったそうで、あとで高麗門町に移った。新茶屋は当時とは少し離れたところに現存している。父は請負師、いまで言うならゼネコンを営んでいて、母は割と裕福な家庭で育ったらしい。育った界隈は熊本の純然たる下町である。一新小学校の高等科を出た。名はカネ。姉はイシ、妹はテツというのだから、いくら建業者といっても、むかしの親の名のつけかたは振るっている。私が物心ついたころ、母は自分の名をかね子と記していた。

母の祖父は熊本県河内の元郷士荒木家の二男で、お栄という娘に入り婿して萩野家を継いだ。その息子岩太郎が母の父である。母は豊《とよ》。この私の祖母に当る人は昭和二〇年代まで生きていたから、当然私は知っている。岩太郎という人は早く亡くなって私は知らない。

母は子どもの私から見ても非常に頭のよい人だった。特に記憶力抜群で、あれは何年何月何日のことといった具合に、月日まで憶えていた。私はむかしのことをちゃんと憶えていなくて、よく母から「おまえは馬鹿だ」と言われた。頭の回転も実に早かった。もう少しおっとりとした性分に生まれていれば、この人ももっと幸せだったのではなかろうか。八二歳で死ぬ直前まで頭脳明晰、頭部の断層写真を見ると脳はまったく萎縮しておらず、頭蓋骨との間に隙間がなかった。八〇過ぎても百人一首を全部憶えていて、それを紙に書き写した。手蹟もみごとなもので、「私も字は上手、お父さんも上手、おまえはなぜ下手なのかねえ」と、私のことを嘆いた。

母は大正一一年に父と結婚した。母は美人であったから、父はむろん縹緻《きりよう》にひかれて母を貰ったのに違いない。手に負えぬ辛辣な頭の持ち主とは知らなかったのだ。母のほうもジャン・クリストフと署名してくる相手に、満更ではなかっただろう。それが何者か知っていたのだから、娘のころ少しは本も読んでいたのだと思う。数えどし二二歳だったと私に話した。それに若い父はなかなかの美男子だったのだ。

私は子どものとき以来、父を美男などと思ったことはなかった。苦味走って威のある顔だとは思っていたし、これは私が二〇歳前後、結核療養所にいた時分、一度だけ見舞いに来た父がそそくさと帰ったあと、隣床の患者が「貫禄あるなあ。社長さんみたいだ」と言うのを、「へえ」と思って聞いたことはあった。だが一〇年ほど前だが、京都時代の若き父の写真をたまたま知人が見て、「すげえ美男子だな」と嘆声を発した。よく見ると、着物姿で机に頰杖をついているその横顔は、たしかに美男の名に背かず、そのことにまったく気づいて来なかった私は、新たな発見をした思いに搏たれた。といって甘い美男ではなく、頬骨は高く鋭い感じの風貌だった。

母は父が男前であるのにも魅かれたのだと思う。それに父は、まだものにしていない女には滅法サービスする男だった。

晩年の母から一度だけ履歴を聞いたことがあって、そのときのメモを見ると、結婚後は博多に住んでいる。一方、三〇年ほど前だったか、父の活動弁士としてのキャリアを調べてくれた人があって、それによると大正一一年一〇月には博多寿座の弁士になったとある。母の話ではその後京城へ行き、大正一三年に博多に帰ったというのだが、篤志家の調べでは、なるほど大正一三年一月に博多喜楽館の弁士となっている。

そのかたのお蔭で、当時の福岡の活動弁士番付表も見ることができたが、父の芸名は渡辺春波、たしか関脇あたりにランクされていた。まだはたち代のことだから、健闘していたと言ってよかろう。映画は草創期以来活動写真と呼ばれていて、私が幼いころは映画を見に行くとは言わず、活動を見に行くと言ったものだ。

それにしても、若夫婦は何のためいったん京城へ行ったのだろう。ここで頭に浮かぶのは例の芸者に生ませた子、私の兄實《みのる》のことだ。彼は大正七年、京城の大和町というところで生まれている。母は杉浦ヨシノという。大正七年といえば父は二〇歳、その歳で芸者に子を生ませていたのだ。後年父がある青年のことを「あいつもあんな若いうちから女の味がわかるようになっては駄目だ」と評するのを聞いたことがある。これには自省が含まれていたのだろうか。

出生の届け出は翌大正八年、父によって長崎市でなされている。とすれば父はその年、ヨシノなる女性と長崎で暮らしていたことになる。すべては推測になるけれど、父は熊本市で活動弁士となるに当って、この女性と實を京城へ帰したのではなかろうか。あるいはいったん二人を伴って熊本へ来たが、母を妻として迎えるに当って、女に因果を含めて京城へ帰したのかも知れない。母はただ「嫁に行ったら芸者に生ませた子がいた」と語ったのみだが、まさかそれを知った上で結婚した訳ではあるまいし、また父と新世帯を持つと同時にその子を引き取ったのでもあるまい。父は結婚後にそういった事実を母に告白し、母の同意を得て兄を引き取ったはずだ。

母はそのことを知ってすぐ、実家へ帰ってもよかったはずである。また、引き取りを拒むことだってできた訳だ。にもかかわらず同意した。当時の女にとって離婚や拒否はむずかしかったろうというのは誤っている。母の妹テツは二度結婚式を挙げて、二度とも実家へ逃げ帰っている。むろん戦前の話である。いまはっきりとわかるのだが、母は心が広く、親切心に富んだ人だったのだ。結婚した翌年二人して京城へ行ったのは、きっと兄を引き取るためだったに違いない。それも母の口調では、旅行ではなく短期間でもそこで暮した感じなのは、やはり兄を女の手から受け取るのには、いろいろと手順が必要だったからではないか。以上の推測が正しいとすると、母は五歳ばかりになった兄を引き取ったことになる。

兄はもう物心はついていた訳だ。実母と別れてどんなに悲しかったことか。また長ずるに従って、実の母に会いたいと思うことはなかったのか。またヨシノなる女性にしても、成人したわが子を一目でも見たいとは思わなかったのか。あるいはこの人はまた芸者勤めをして身を立てるしかなく、進んでわが子を手放したのだろうか。だが私の知っている兄には暗い影などまったくなかった。

話がごちゃごちゃしないために、まず兄のことを語ってしまおう。父はトーキーの出現により無声映画の時代が終って失職したので、新天地を求めて関東州大連へ渡り、その際妻子を熊本市へ帰した。熊本には母の実家があったからである。それは昭和七年のことで、私は満二歳になるかならぬかであったはずだ。

物心がついたころは、兄は旧制熊本中学校（五年制・現熊本高校）の生徒だった。私の数少ない幼時の記憶に、兄の運動会を母に連れられて見に行ったおぼえがあるが、兄がスタートラインについた姿が目に灼きついている。兄は短距離の選手で、家にはスパイクシューズもあった。しかしこの人の面目は何といっても柔道で、熊中柔道部の代表選手、もちろん有段者だった。熊中柔道部は寝業で有名で、対戦相手の他校チームから「寝業、寝業」と注意の声がかかったと母は語った。さすれば母は兄が出場した対校戦を観たこともあったのだ。兄の黒帯は母の自慢だったのだと思う。

柔道といえば、幼い私を相手にその真似事をして遊んでくれたものだが、あるとき私を生意気に感じたものか、投げ飛ばしたことがあった。まだ小学校へあがる前である。母は血相を変えて「そんな小さな子に本気になって」と怒った。兄は顔を真赤にして四畳半の自分の部屋に引き籠った。

兄は物静かで温厚な性格だった。のちの北京時代のことを考えても、明るく優しい人だったと思う。柔道部の練習で帰宅が遅くなったのか、ある夜、眼鏡を割られて帰って来たことがあった。彼は極度の近眼だったのだ。九州学院の二人連れに因縁をつけられたのだという。兄は腕に覚えがあるのに、そういうとき反撃しない人だったのである。これも三〇年以上前、兄の熊中の同級生のかたが、兄のことを書いた文章を送って下さった。同窓会誌に載ったものだと思うが、やはり兄の落着いて穏やかな人柄を述べておられた。

母は兄を引き取ったとき、実の子とまったく分け距てせずに育てようと決意したのだと思う。私は一時《いっとき》まで、それを母の意地だと考えていた。いまは違う。母は誠実をむねとして生きた人だし、ことのほか情愛が深かったのだ。仇し女が生んだ子とは考えず、自分の子とおなじように可愛かったのに違いない。兄も素直な性格で、すぐに母になついたのだと思う。手なずけると言えば語弊があるけれど、母は若い者や子どもを扱うのがとても上手だった。私は兄を実の兄と信じて育った。私と歳が一二も違うのを疑問に思う知恵はなかった。私より三つ歳上の長姉は知っていたらしい。長姉が私にそのことを告げなかったのも凄いと思う。

私が兄を異母兄だと知ったのは昭和一八年のことで、すでに中学生になっていた。そのころ一家は北京から大連に居を移していたが、兄は古都北京を愛して離れようとしなかった。すでに華北交通に勤めていたから、そのせいもあったかも知れない。昭和一八年に大連のわが家を訪れ、幾晩か泊って行ったときのこと、深夜母と口論するのを洩れ聞いてしまった。兄が父のかつての愛人と関係を持ったことが、母には我慢ならなかったらしい。そのやりとりから、私は計らずも兄が母の実子でないことを知ってしまった。翌朝兄は、自分が悪くてお母さんを怒らせてしまったのだと、私を慰めてくれた。そういう優しい人だったのだ。

兄はその年北京で死んだ。満二四歳、死因は肝硬変だった。母は北京へ行ってひと月ばかり看病した。実子に劣らず可愛かったのだ。母は非常に理性の勝った人なのに、情愛は人一倍強く、そのため苦しみも人並以上に味わったのだと思う。

兄は熊本中学を卒業した昭和一一年の春、大連の父の許へ行った。いかにも兄らしい話を父から聞いて憶えている。父の友人のアメリカ人から話しかけられて、顔を真赤にして答えられずにいる兄に呆れて、父は言ったそうだ。「おまえの名は何かと聞いてるんじゃないか。中学で英語習ったんだろう」。父は学校で英語など習ったことはないが、何よりも生活の場で外国語を楽にものにする人で、中国語がかなり話せたのは私自身知っているが、英語もほどほどに遣えたらしい。兄にしても「ホワット・イズ・ユア・ネーム」と言われたらわかっただろうが、「ワッチュアネイ」と聞えてはお手上げだったろう。

昭和一三年北京で再会した兄は、背広を着こんだ若紳士になっていて、とても大人びて見えた。実にのびのびとして幸わせそうだった。父が支配人をしていた映画館の構内にある家で私たちは暮すことになったが、兄は独立して別に家を借りていた。でも私たちきょうだいを、しじゅう遊びに連れ出してくれた。クラシック音楽の流れている喫茶店に連れて行ってくれたのも兄である。私のコーヒーの飲み始めだった。北《ペー》海《はい》・中南海《ちゅうなんはい》も兄とよく行った。冬は凍ってスケートリンクになる中南海で、スケートを手ほどきしてくれたのもこれまた兄である。ほんとうに私たち、特に私を可愛がってくれたのだ。

北京は古都であると同時に、欧米文化が浸透していた。たとえば私たちが日本人小学校へ通う道筋には、広大なロックフェラー病院があった。私はパウンドケーキなるものを初めて北京で口にした。エクレールの名は熊本にいたころから、「お菓子の好きな巴里娘」云々という西條八十の唄で知っていたが、実物をたべたのはこれも北京。こういったケーキ類も兄が買って来てくれる場合が多かった。その後日本へ帰国してみると、エクレールはエクレアと英語発音に変っていた。

私はどういう訳か、小学校へあがる前から、『少年倶楽部』程度の文章は楽に読めるようになっていた。北京で過したのは小学二年三年の二年間だが、兄は私の本好きを知っていて、こいつは見込みがあると思ったのかどうか、どしどし私に本を買ってくれた。中でも澤田謙の『プルターク英雄伝』と、平田晋策の『われ等の海戦史』の二冊からは深い影響を受けた。当時の童話の年刊選集ではなかったかと思うが、豪華本仕立ての二巻本も買ってくれた。大連へ移ってからのことだけれど、担任の先生がみんなにせがまれて「お話」をしてくれる。私はこの二冊が先生の「お話」の種本だとすぐわかった。

兄は私より数等上の人物だったと思う。いまになってこの人が慕わしい。生きていてくれたら、どんなにか心強かったことだろう。だが兄のことはこれまでにして、話の本筋に戻りたい。

篤志家の調べでは、父は大正一三年春に京都帝国館の弁士となり、一五年夏までそこに在籍している。日活専属の弁士になったと母は言っていたが、昭和七年まで京都にいたのだから、帝国館のあともしかるべきところで弁士をしていたはずである。京都住いのころは父の全盛時代で、風呂へ行けば弟子が背中を流してくれたというし、二号を囲って当然だった。母も仕方のないものと諦めていたのではなかろうか。葡萄酒を飲んで酔っぱらい、父からベルトで打たれたと話してくれたことがあり、それも悋気してのことだったのかも知れぬが、父から虐待されたというより、若い夫婦の痴話喧嘩のようになまなましく聞こえた。長姉（昭和二年生まれ）を筆頭に、四年間で三人も子を生んでいるのだから、それなりの仲だったのではないか。

母は料理がとても上手な人で、母に匹敵する料理上手はその後石牟礼道子さんしか知らない。京都時代母はあるホテルのコック長に料理を習い、「あなたは才能があるから、パリへ行って修業したらどうか」と言われたそうだ。母はむかし気質の人だから自慢というものをせぬ人だったが、この一件だけは母一生の誇りだったようだ。

京都の家には父方の祖父なる人がいたと母から話を聞いていた。眼鏡をかけて如露で庭の鉢に水をやっている写真があって、それが私の祖父ということだった。むろん私の記憶にはない。薬と称してネズミの黒焼きをたべるような人だったとも聞いた。わが家が京都を去る前に亡くなったものとばかり思っていた。ところがこの一文を草するに当って、かねて取り寄せていた戸籍謄本をよく読んでみて愕然とした。戸籍には父の母の名はハツと記載されているが、父の欄は空欄になっている。父には五郎という弟があり、父の引きで日活のカメラマンになったが、この人も同様に母の欄はハツとあるが、父の欄は空白である。私の父の名は次郎であるが、この次郎・五郎の兄弟は私生児であったのだ。私の兄實は戸籍にちゃんと両親の名が記載されている。これは父が認知したからだろう。次郎・五郎は実の父から認知もしてもらっていないのだ。

当時は戸主制度であるが、戸主は渡邉作平となっていて、私の父は作平の孫と記載されている。しかも作平が死亡して父が家督を相続したのは昭和一三年、つまり父の北京時代なのである。私が祖父と教えられていた人物は実は父の祖父、私の曾祖父だったのだ。この人はたしかに父と京都で暮していたのだから、父が京都を引き払ったときどこへ行ったのだろう。おそらく生れ故郷の龍門へ帰ったのではないか。

父の母ハツは地主の家にでも奉公していて、主人に胎まされたのだろうか。それにしては二人も生んでいるのだから、一定期間誰かに囲われていたのか。それなら、私の兄實の場合のように認知だけはしてもらえたはずだ。一番高いのは、婚礼を挙げて子が生まれ、自分も子も相手の籍に入籍しないうちに死別か離婚した可能性だ。戦前は結婚してもなかなか婚姻届を出さず、子をなしてからさえ妻の入籍がおくれる場合がよくあった。戸籍とか役所への届出とか意に介しない、うかつな人が多かったのである。

現に私の母の場合も、父が婚姻届を出したのは長姉が生まれたあとの昭和二年七月なのである。ちゃんと婚礼を挙げたのに、五年間も婚姻届を出さずにいたのだ。姉は同年四月の生まれだから、三ヵ月間「私生児」だったのだ。私の姉の出生届は父が婚姻を届けた翌月の八月になされている。ハツもそういった事情で、夫の死亡あるいは夫との離別によって、わが子を戸籍上の「私生児」にしてしまったのだと思われる。

とにかく父は自分の実の父と長くは暮らしていないのではないか。朝鮮へ渡ったのも祖父と母と弟の四人だった可能性もある。あるいは父なる人は朝鮮で急死したのかも知れない。私の父が貧しい家で育ったのではなさそうなのは、当時庶民は小学校を出ればそれで了りなのに、職業学校であれ電気関係の学校まで行ったことでわかる。母は父の戸籍上の地位のことは知っていたと思う。作平が夫の父ではなく祖父であることも当然知っていたはずだ。私には説明が難しいから、「おまえのお祖父さんだよ」と言っていたのだろう。

龍門村の父方の親戚とは、日本へ引き揚げてからちょっとした関わりがあった。私は結核にかかって昭和二四年五月に療養所へはいったのだが、父の親戚という婦人が二度ほど野菜など携えて見舞ってくれたことがある。母より十《とお》くらい下の婦人で、母はこの人のことを承知しているふうだった。この人ももう亡き人であろう。私は龍門村の父の親戚とはその後会ったことはなく、それについて調べたこともない。

五郎叔父とは昭和三〇年初めて上京したとき一度だけ会った。母の話では父はこの弟を父替りのように世話し、日活にも入れて一人前のカメラマンにしたというのだが、当人は別にそんな恩義も感じていないふうで、「兄貴は出鱈目な男だから」と、行状を非難する口振りだった。父は当時すでに別な女と大分県の日田に住んでいて、叔父はそれも承知していたのだと思う。

叔父はカメラマンとしては大した存在でもなかったと思うが、戦前戦中の映画には撮影渡辺五郎とクレジットに記されているものがいくつかある。母に言わせると「人の世話にならず、人の世話もしない」人だというのだが、私が会った時は結核を患ってもう引退していた。母は叔父の伴侶の幸江《ゆきえ》という人が好きで、「幸江さんが死んでから五郎さんとも疎遠になった」と言っていた。叔父は再婚していたが、幸江さんとも新しい伴侶とも子が出来ず、養子をもらっていた。家は調布で、近くの日活多摩川撮影所へ私を連れて行ってくれた。顔立ちは父によく似ていたが、身体つきも顔も細身だった。いかにも小心謹直な感じで、兄弟でもこんなに違うものかと思った。

私たちが熊本で暮していたころ、父は毎月一〇〇円送金して来ていたという。これは当時としては十分な金額だったらしい。住いは上林町《かんばやし》というところで、繁華街の上通《かみとおり》から入りこんだ横町だった。その頃は繁華街といっても、通りに面して店が並んでいるだけで、一歩横町に踏みこむと住宅地だったのである。私の家のあったのは、いまのアークホテルの裏あたり、もちろん跡かたもない。上林暁という小説家がいるが、これは彼が五高生のころ上林町に下宿していたところからつけたペンネームとのことだ。

わが家のすぐ近くで母の姉のイシが駄菓子屋を開き、妹のテツも、彼女らの母たる祖母豊も同居していた。テツは哲子と自分の名を表記していた。交換手として電話局に勤めていて、タクシー運転手が恋人だった。私も何度か彼の車に乗せてもらったことがある。彼女が二度嫁入りして、その度に実家へ逃げ戻ったことは前に書いた。「裾っ子でおばあさんが甘やかしたものだから」と母は言っていた。イシ伯母の店には一銭握ってよく駄菓子を買いに行った。京都から来たばかりのころ私が伯母の店へ行くと、伯母が「また来た。お金は持って来たとね」と聞く。すると私は「買いに来たんじゃないんえ。もらいに来たんえ」と京都弁で答えたそうだ。数え歳三つの癖に、すでに減らず口だったのである。

このイシという伯母は生活力のある人で、肥後にわかに凝って、とうとう運船《うんぜん》組という一座の一員になってしまった亭主の代りに、商売をして一家を支えたのである。亭主なる人は私たちが大連にいたころ、にわかの興行で渡満して来てわが家にも立ち寄った。母のハイカラ料理を喰わされて感激するような根っからのお人好しだった。

この伯母は私たちが大連から引き揚げて来て窮迫していたころ、母を誘って佐敷とか津奈木とか、私が「水俣病闘争」に関わって何度も車で通り抜けることになる不知火海沿岸の漁師集落に、イリコを仕入れに行くなど、わが家の生計に大いに貢献してくれた人である。むろん仕入れたイリコは、熊本市内で転売するのである。夫は終戦前に亡くなっていた。

ついでに言うと、この夫婦には子が出来ず、和子という子をほんの幼児のときにもらい受け、養女にしていた。和子は自分がこの古家家《ふるいえ》の実子でないとは死ぬまで知らなかったはずだ。私の長姉昭《てる》子とあい歳で、イシ伯母には和子を昭子に張り合わせるような気分もあったようだ。でもこの人は穏やかな気質で、税理士の婿を迎えてしあわせに過ごし、二人の子を残した。長女は中学生のとき、私が自宅で開いていた英語塾に通ってくれた。

和子は実は戦後勤めをしていたとき、社長だか上司だかと恋愛したか、あるいはしかかってしまった。母が和子に「叔父さん（自分の夫のこと）は男と女が二人並んで歩いているのを見るだけで、出来ているかどうかすぐわかるんだよ」と、警告したことがあったのを思い出す。私はこのことが従姉の恥とは思わないから書きとどめておくのだ。また私はどうしてだか、引き揚げ直後、一夜イシ伯母の家に泊ったことがある。たぶん伯母が留守したので、私を用心棒代りに泊めたのだと思う。夜中に目覚めると、夏のこととて従姉は蒲団をはねのけて、分厚い太股をさらけ出している。目がつぶれるというか、くらくらした。むろん、それだけのことである。私は一七になるかならぬか、彼女ははたちだった。こんなことも、従姉への冒瀆とは思わぬから書いておくのだ。和子という人も本当によき女性であった。「京ちゃん、京ちゃん」と、つい先年死ぬ間際まで親しんでくれた。

思えば母が自分の夫のことを、男女の仲の専門家みたいに言ったのも、別に自慢した訳ではなかろうが、巧まざるユーモアというか、たいそう可笑《おか》しい話ではなかろうか。

母はきょうだいの中では飛び抜けた天分の持ち主だった。イシ伯母はしっかり者ではあったが、母のような知性は持たなかった。妹の哲子は戦後大学病院の電話交換手をしていたが、リュウマチを発病して退職し、以後ずっとわが家のかかりうどとなり、精一杯わがままを言って六〇になるかならぬかで死んだ。最後まで独身だったから気分は娘のままで、私を可愛がることひとかたならず、セーターを手編みしてくれたこともある。甥たる私はもうはたち代半ばだったのに、この人も「京ちゃん」だった。

母には二人の弟があったが、長男幸夫《ゆきお》は生まれついての風来坊、職も定まらない上に結婚もせず、戦後は業界紙の集金人をして気楽に暮らしていた。六十代になって飲み屋の女を拾って来て妻としたが、何年も経たぬうちに先立たれて、あとはまた独り暮し。七十代に市営アパートの一室で孤独死した。あと始末は私の姉の昭子がしたが、室内は惨憺たるものだったという。姉が部屋を片づけたあと、私はひとりで遺体の横で通夜した。それでもアパートの同棟の女衆は「いつも身綺麗にして出かけられていました。お洒落な人でしたよ」と話してくれたものだ。長男の責任はまったくとったことがなかった替りに、きょうだいの世話にもならなかったのだ。

その下の弟繁《しげる》は文才があって、『九州日日新聞』に短篇小説が載ったことがあるという。私はまだ小学校にもあがらぬころ、この人に連れられて、熊本城の外廓の竹林へ行ったことを憶えている。叔父はステッキにする竹材を採りに行ったのだ。私は藪蚊に刺されて、手足が腫れあがった。このとき叔父はまだ正常だったと思うのだが、それでも無口で何だかこわい感じだった。統合失調症を発症したのは、それから間もなくのことだったようだ。

戦後引き揚げて、いっとき一緒に暮したが、もう完全な病人だった。何かわからぬことを呟きながら、手帖にしきりに書きつけてはいるのだが、覗いてみると、短歌らしいもののまったく体をなしていなかった。だがおとなしい病人で、狂態を発することはなかった。この人は精神病院に収容されてそこで死んだ。

母のきょうだいのことを思うと（おイシさんの夫も含めて）、むかしの人はいまの人間よりよっぽど自己本位に、勝手気儘に生きていた気がする。もっともこの人たちが、ほかの人たちとは変っていたのかも知れない。ひとつ不思議なのは、母はけっして冷たい人ではなく、利己的なところはまったくなかったのに、自分の母やきょうだいの死にあまり心を動かさないように見えたことだ。何か客観的に突き放すような感じ、あるいは淡々としているような感じがあって、むかしの人はこんなものなのかと思ったこともあった。

だが、わが子の死の際は別だったのである。兄の死のときも悲しんだが、昭和一九年春、私の次姉洋子が女学校四年生になろうというときに、奔馬性結核（粟粒結核）で急死した際の母の悲しみようは、いま思い出してもつらくなる。この病気はふつうの結核と違って勝負が早い。姉は大連医院に入院してひと月ばかりで死んだ。母は牛肉のスープを作って毎日病院へ運んだ。私と長姉も運ばされた。それ以外はほとんど食が通らぬのだ。この姉は私や長姉が学校の成績もよろしく我も強いのに対して、成績はぱっとせず穏やかな性分で、三人の中ではいささかかすんだ感じだった。それだけに母は、その若すぎる死をいっそう哀れに思ったのではなかろうか。しかし、この姉は正真正銘の美貌だったし、芯の強いところもあった。おやつを長姉と私がすぐたべてしまうのに、次姉はとっておいて、あとでたべて私たちを羨ましがらせた。息の長い人だったのだ。思えば兄に似たところがあった。

姉に死なれて、私は人生で初めて寂しさというものを感じたが、母は寂しさどころではなかったと思う。しばらくは放心の態だった。ただ母にとって救いだったのは、翌年が敗戦で、大連在住日本人の生活は混乱・窮乏の極みに達し、母も生きのびるためになりふり構わず奮闘せねばならなくなったことである。そのあとには引き揚げとその後の困窮が続き、母はいつまでも亡き娘を悼み悲しむどころではなくなったのだ。

大連医院（『回想の旅順・大連』より）。
この病院の一室で姉は死んだ。

話をもとに戻そう。母と私たち子ども三人は昭和一三年の春、北京の父のもとに呼び寄せられた。母は六年振りに夫と暮らすことになったのである。その六年の間、一度だけ父が熊本のわが家を訪れたことがある。私は家にはいろうとする父の尻押しをしたそうで、京都時代女にかまけてわが家を顧みなかった後ろめたさのある父は、この歓迎に感動したとのことである。それは昭和一一年二月で、私が小学校へあがる前の年だった。なぜわかるかといえば、私が新聞の大見出しを「クーデタ発動」と声に出して読んで、父が私を神童と思いこんだ話を母がしていたからだ。見出しには「勃発」とあったのだが、「勃」がさすがに読めなかったので、「発動」と読んで間に合わせたのだ。むろん報じられていたのは二・二六事件である。

熊本で暮らしていたころ、私は父がいなくて寂しいなんて感じたことはなかった。母さえいるとそれでよかったのだ。母はハイカラさんであり、生活を楽しくする工夫に富んでいた。クリスマスには小さいながらトゥリーを飾るし、土間に風呂桶を据えて銭湯に行かずともすむようにしてくれるし、バリカンを買いこんで髪を刈ってくれるし、きょうだい仲もよく、本当に穏やかで心楽しい幼年時代を過させてもらった。疫痢にかかって断食させられ、営養補給に腿にリンゲル注射を打たれて痛い思いをしたくらいで、人生につきものの心労などした覚えがなかった。

父は北京で「光陸」という映画館の支配人をやっていた。崇文門大街に面し、隣りは「北氷洋」というレストランだったことを覚えている。昭和一三年というと日中戦争が始まった翌年、北京は日本軍占領下で、在留日本人は沢山いた。

父はアイデアマンだった。映画館の中にレストランを設け、これが大繁昌だった。映画のほかにアトラクション、つまり芸人を呼んで舞台を見せた。エンタツ・アチャコ、広沢虎造といった当時最高の人気を誇った漫才師・浪曲師を呼んだし、高勢實乗《みのる》というそのころはよく知られていた珍優、モダンダンスの石井漠も来た。漠の跳んだりはねたりの前衛舞踏に客から失笑が洩れて、子どもながら気の毒な思いをしたこともある。「光陸」は連日大入満員。満員の時は従業員に大入袋という特別手当が出ることも知った。父は存分に手腕を振るった訳で、当時北京にいた竹内好の日記にも「光陸」の名は出てくる。館主はいたが、父に任せっ放しだった。

父はアイデアや構想がどんどん湧くたちであったらしい。誇大妄想的なところもあったのではないか。大連時代には関東州庁長官に建白書を書いたこともあった。深夜いい考えが湧いたと思って書きつけておくが、翌朝読み直すと馬鹿みたいだと母に語ることがあって、それを母は揶揄する調子で私たちに伝えた。

母はリアリストだったのである。私が長じて家庭を持ち、どうやって暮すつもりか案じる母に、かくかくのプランがあるので大丈夫と答えると、「また夢ん久作どんのごたることば言うて」と嘆いた。「ん」とは「の」、「ごたる」は「如くある」の訛りである。「夢ん久作」というのは民話的な架空の人物で、玄洋社の怪物杉山茂丸の長男はそれをペンネームとしたにすぎない。母は私に父の遺伝子が伝わっているのを危惧していたらしい。

母は京都時代に父の女癖を十分承知していたはずだが、北京では父も心を入れ替えて、京都のときのようなことはあるまいと思っていたのではなかろうか。彼女は近代の女性らしく、一夫一婦の忠実な愛の理想を持っていたようなのである。ところが父の女癖はまったく改まっていなかった。北京時代は父の第二の全盛期と言ってよく、金にも不自由せず次から次へと女を作り、遂に自分の映画館の入場券売り、いわゆるモギリ嬢の一人にも手をつけた。

母はもう黙ってはいなかった。父は酔って遅く帰宅することが多かったが、おとなしく家で夕食をとる時は必ず晩酌になる。母の話では、父は三〇歳までは酒を飲まなかったそうだが、その後大酒家になった。酔った父に母が何かのきっかけで、女のことで厭味を言い、たちまち喧嘩になる。そのうち父が母を撲って出てゆく。悔しいのかひとり泣いている母の背中を、小学校二年か三年の私が撫でさする。まるで芝居のワンシーンだった。そのとき母が「子どもが可愛いと言うけれど、わが身ほど可愛いものはない」と泣きながら言ったのを忘れない。これもさながら芝居の科白ではなかろうか。

私が女を一度も撲ったことがないのは、父に撲られた母の姿を忘れなかったからだと思う。結婚して三〇年くらいして、女房殿に「僕はあなたを一度も叩いたことはないよね」と確かめると、「ある」と言う。「えっ」と驚くと、「お尻を一度ぶった」とのこと。そんなの叩いたうちにはいるのかしら。

父と母は毎晩喧嘩していた訳ではなかったし、一家揃ってよく食事にも出かけた。白宮《ぱいくん》というレストランのこともよく覚えているが、何より印象深いのは「四合院」造りの北京料理店である。コース料理の途中腹がくちくなると、中庭に出てひと廻りしたものだ。この店については忘れられぬ記憶がある。

長姉の親友がよそへ移ることになって、両方の家族が寄って会食をした。私は小学三年生、姉は六年生だった。例によって子ども同士で庭に出て、歩き廻っていたときのこと、姉の友達が私に背を向けて、その陽に灼けたうなじがちょうど私の眼の前にあった。何と私はそこにキスしたのである。汗をかいていたのだろう、しょっぱい味がした。その子はちょっとびっくりした風だったが、何も言わなかった。姉も気づいてはいなかった。

まだ性的な衝動などかけらもなかったのに、なぜそんなことができたのか。わが家は映画館の構内で、学校から帰ると毎日映画を観ていたのだから、女性に対する愛慕心だけは育っていたらしい。日活時代劇のお姫様役伏見信子のファンだったのは、いかにも子どもの好みだが、現代劇では松竹のあだっぽい桑野通子が好きだったのは何としたことか。またキスなどどこで憶えたのか。当時の邦画ではキスシーンは御禁制だった。

今考えれば、兄が再々遊びに連れ出してくれたし、学校でも意地の悪い子はいなかったし、両親の喧嘩は気が重かったが、北京時代はまあまあ幸せだったのかなと思う。父はそれなりに子煩悩で、まだ機嫌よく晩酌しているうちは、私たちを膝に抱きかかえてキスする。次姉の洋子が「吸いつきどんぐり」と仇名をつけて、父が本気で怒ったこともあった。そうだ、私はこれでキスという奴を憶えたのだ。父はライカの三五ミリカメラがご自慢で、これで私たちを撮りまくっていた。

映画館と言えば、「光陸」は北京東城にあったが、もうひとつ日本人経営の映画館が西城にあって、そこで姉たちと私はディズニーの『白雪姫』を観た。中国語の字幕だったが、ストーリーは難なく理解できた。日本には漫画映画はあったがカラーのはまだなくて、華麗な色彩に圧倒された。『白雪姫』が日本で公開されたのは戦後のはずだ。

父と母のことを書こうというのに、つい自分の話になってしまうのは情けない。だが、北京時代の自分についてはまだ書いておきたいことがある。私は北京東城第一小学校へ通っていたが、ここはもと中国軍の兵営があったところで、二階建ての新校舎の外側には、壊れかけた兵舎が残っていた。そこが休み時間や放課後の遊び場となるのだが、私は十数人の仲良しで少年団を作った。カードに各人の役職を書いて渡し、戦争ごっこめいた遊びをする。まあ、モルナールの『パール街の少年団』みたいなことをやった訳だが、その際私は発案者かつ組織者だったのに、自分では隊長にならず、伊東君という外交官の息子に隊長になってもらい、自分は参謀に任じた。クラスでは私が級長で伊東君は副級長だったのに、背が高く人柄も穏やかな彼のほうが大将には向いていると思ったのだ。この一幕に自分の後年の習性がはっきり表われているのに何だかぞっとする。

とにかく私は自分が何かの長には向いていないことを、その歳で知っていた。それは兄が買ってくれた『プルターク英雄伝』で、自分がアレクサンドルやシーザーのような英雄ではありえないと自覚していたからだ。私が『英雄伝』の人物中、おのれを擬したのはデモステネスだった。自分が一軍の長にふさわず、口舌をもってひとり闘うしかないと情けなくも知っていた。好きなのはもう一人いた。アルキビアデス。梟雄として悪名高い人物に魅力を覚えたのだから、私もおかしな子どもで、心中に育くむいろんな想念を友だちに告げられぬ孤独を早くも知っていた。

もう一人、ハンニバルを抜かしてはならない。ちょうどそのころ、「光陸」に『シピオネ』と題するイタリア映画がかかった。ハンニバルを主人公とする「超特大作」で、『英雄伝』でお馴染みだったから、話はよくわかった。彼が兵士を激励して、トランジメネー、カンネーと勝ち戦さを大声疾呼するシーン、空しくザマで敗れるシーンなど、今でも目に浮かぶ。ポエニ戦役において私は今だにカルタゴ、北一輝の英語読みにならえばカルセージの味方である。カルセージを滅したローマは憎らしい。

北京時代でもう一言つけ加えねばならぬのは、わが家には私や姉たちの本以外、本らしい本がなかったことだ。ただ一冊、谷口雅春著『生命の実相』というのがあった。父は谷口の主宰する「生長の家」という新興教団の熱心な信者だった。私はすでに本とあれば何でもござれだから、この本も早速読みにかかったが駄目だった。嫌悪感というか、馬鹿らしさというか、そんなものに堪えられず途中で抛り出した。母は父の「生長の家」信心を馬鹿にしていた。父の言行不一致をせせら笑っていたのである。

母にはほとんどシニシズムに近づくような批評的センスがあった。

父がもう本を読む人ではなくなっていたのは前に述べた。この人は若いうちは確かに本を読んだに違いなく、「本なんか読んで何になるか」と言い出すには、それなりに痛切な経験もあったのかも知れない。母もその点は同様で、大連時代には『婦人朝日』くらいは購読していたが、晩年になったらもう時代ものの大衆小説ばかり、西洋ものは人名が憶えにくくて嫌だと言っていた。おかげで私ははたち代、母の使いで貸本屋へ通い、母のために借り出した山手樹一郎などの時代小説をせっせと読んだものである。

しかし、母にも若いころ文学少女的な時代が確かにあったのだと思う。というのは彼女は文壇ゴシップに通じていて、これは大連時代のことだが、芥川龍之介が自殺したことや、有島武郎が女性編集者と心中したことや、谷崎潤一郎と佐藤春夫が奥さんを交換したことや、中里介山の『大菩薩峠』が話が広がりすぎて完結しなかったことなどを、小学生の私に語り聞かせたものだった。

一九四〇年の四月、一家は大連へ移住したが、これには訳があったらしい。父は独立した映画館主になりたくて、先述した北京西城の映画館を買い取ろうとして失敗した。競争相手には、かの満映理事長甘粕正彦がついていたということだ。大杉栄一家を扼殺した憲兵大尉で、服役後渡満して満州国の影の大ボスとなった人物である。そんなのと張り合って勝てる訳がない。そんなことで北京に居辛くなったのか、移転は一九三九年のうちに決めたらしく、長姉は四〇年一月に、神明女学校を受験するために、母に連れられて大連まで船で往復した。神明は大連一の名門女学校、姉は無事合格した。

大連は当時人口が急増中で、家がなかなか見つからず、父の親友の工藤さんという人の家にしばらく厄介になった。大連には南山という一〇〇メートルくらいの山があり、その麓は南山麓と称して大連随一の高級住宅街だった。工藤さんの家は南山麓の桜町広場に面したアパート（今風に言うとマンション）の二階にあった。

この人は父の親友だから、おそらく映画界の関係者だったのだろう。瘦身の穏やかな人物だったが、夜ひどく寝言を言う。「あの人は日ごろ我慢しているから、眠るとあんなに寝言を言うんだよ」と母が教えた。この人の長女は神明女学校の四年生、大柄で快活な人柄で今でもその貌が眼に浮かぶ。この家で私は不思議な喰いものを食べた。ステーキの上に玉葱の磨りおろしがかけてある。こんなものかけてなければよいのにと私は思った。いわゆるシャリアピン・ステーキだったのである。

このアパートに居たのはひと月くらいだったと思うが、それでも忘れられぬことがある。アパートの二階から見おろすと、細い通りを距ててロシア人の住宅が並んでいて、庭で女の子たちが花の冠りか何か作って遊んでいる。私に気づくと少女たちは羞しそうに家の中に隠れた。ウィリーというのはロシア人住宅に住む男の子で、私たち近所の日本人の子たちと一緒に遊んだ。屋根にボールを抛り投げて、落ちてくるのをつかんだのが勝者で、あとの連中をうしろ向きに壁に立たせ、背中にボールを投げつけて罰を与えるというゲームをやるとき、ウィリーの投げつけるボールの痛いことと言ったら。おなじ歳ごろだったのに、背も高く筋力も強かった。

工藤一家とはその後ずっとつき合いがあって、家族同士星ガ浦へ泳ぎに行ったこともある。ここは有名な海水浴場で、その上の方は満鉄経営の広大なゴルフ場になっていた。後年、中学二年になっていた私は、戦時中の勤労奉仕で、このゴルフ場を耕してピーナツ畑に変えることになる。小柄な工藤夫人が黒い水着姿になって、すいすい泳ぐのには感嘆した。母はまったく泳げず、私も小学校の臨海学校でやっと平泳ぎができるようになるまで金槌だった。

大連時代、父は興行師をやっていた。日本から芸能人を呼んで満州各地を巡業するのである。従ってしじゅう東京へ行っていた。利用するのは飛行機である。大連には郊外に周水子という飛行場があった。家には電話もあって、東京から父がよくかけて来たものだ。また私は父から言いつかって、電信局によくお使いをした。おかげで頼信紙の使い方も知り、ウナ電といった言葉も憶えた。使いに出しても父は一銭も駄賃をくれなかった。当時はそうしたものだったのだろう。父が家に居る時は珍しく、ふだんは母と二人の姉、それに私の四人暮しだった。大広場に近い天神町八番地泰順アパートの二階がわが家だった。

アパートの近所の子はみな大広場小学校の生徒だった。私は工藤家にいた頃、南山麓小学校に転入し、天神町に移ってもそのままそこへ通ったので、近所の子たちとは遂に友だちになれなかった。

家に居る父は酒がはいらぬと無口でブスッとしていた。夕食時酒がはいると別人のように陽気になって、私たちを膝に抱こうとする。時には冗談も言う。まだ小学生の私を抱いて、「こいつも女房もらったら、ネエ信子なんて呼ぶのかな」などとおどけて、母から「あら、信子って誰ですか」と絡まれる。しかしほとんど家に居ない父、旅に出ていない時も昼過ぎに出かけて夜おそく酔って帰ることの多い父は、私にとって親しみようのない人だった。

家庭サーヴィスをまったくしない人ではなく、ヤマトホテルあたりで家族連れで食事することはあった。ある日どういう風の吹き廻しだったのか、私ひとりを繁華街の

大連大広場（『回想の旅順・大連』より）。
写真の手前から入りこんだところにわが家はあった。

小さなステーキ屋へ連れて行ったことがある。父の行きつけの店だとすぐわかった。昼飯どきで自分は食事をすませていたのか、私にだけステーキを喰わせた。家で食べる一センチくらいの厚さではなく、四、五センチの厚さの奴だった。私が脂のところを残すと、「馬鹿だな。ここが一番うまいのに」と言って、つまんでポイと口に入れた。父は用があると言って、その店から私を家へ帰した。これから麻雀屋か女のところへ行くんだなと私は思った。

麻雀と言えば、父は友人たちをよく家へ呼んでテーブルを囲んだ。むろん徹夜である。ジャラジャラ牌をまぜる音を聞きながら、私たち子どもは眠った。母は深夜、夜食を作って客へ出していた。私は生涯、麻雀の牌を握ったことはない。深夜まで父の友人たちにサーヴィスしていた母を思えば、麻雀は親の仇である。

父の友人たちの生態を見て、私は都市の遊民というものを知った。友人というより、彼らは父の取り巻きだったのかも知れない。その中には実業団の野球選手もいて、父は「○○やんは守備はうまいけど、バッティングがなあ」などと、面と向かって言っていた。父は京都時代から映画人仲間の野球チームを作っていて、ユニフォーム姿の写真も残されている。

大連には満州倶楽部と大連実業という実業団チームがあり、それぞれ初期の都市対抗大会で優勝している。実業の田部という名選手については、清岡卓行さんが『アカシヤの大連』で熱っぽく語っている。私のころもう田部はいなかったが、この両チームの定期戦となると、クラス中が熱狂したものだ。私のクラスはボスたちが実業びいきなので、満倶の応援は許されず、私もいつしか実業のファンになっていた。中央公園の中にある球場で行われる定期戦を、父に連れられて一度だけ見に行った。実業の先発投手青柴が四球連発で、すぐ交替させられたのを憶えている。青柴が初期巨人軍の投手団の一員だったことは、ずっとあとになって知った。満倶には浜崎という、当時すでに伝説となっていた名投手がいて、戦後は阪急ブレーブスに属して、投手の最年長勝利記録を作った。その日浜崎は登板しなかった。

酒を飲むと父は無類の好人物に変貌した。母にもう一本お銚子をねだり、もう駄目と言われて銚子の尻をくすぐり、「こうすると、まだ出てくるんだ」などとおどけている父は、私の眼から見ても善良そのもので好ましかった。取り巻きたちに囲まれている父も好人物丸出しだったが、そういう父はいくら何でもお人好しすぎるように子ども心に思えた。

父は服装や所持品に凝る人で、昭和モダニズムの申し子のようなおしゃれだった。オメガとかロンジンとか、高級時計の名を聞き憶えたのも、父が友人たちと交す会話からだった。父のお人好し振りは、友人から「ナベさん、その時計ええなあ」と言われると、「そんなら、やろか」とすぐ手首からはずすところに表われていた。取り巻きにちやほやされて上機嫌の父を、小学生の私はすでに批評的に見ていた。

幼にして私は父より人が悪かったのである。それは大連に移って、小学校で散々苦労したからだと思う。北京では同級生から意地悪をされた覚えはまったくない。ところが私が四年から転入した南山麓小学校は、大連随一のブルジョワ小学校だった。ブルジョワ乃至上流階級の子弟の洗練された意地悪さというものを私は初めて経験した。正直に自己を表現すると、シニカルなからかいの対象にされることを私は知った。庶民世界のストレートな意地悪さとはまったく別もので、家に遊びに行くとそれこそエレガントに歓待してくれたその友人が、翌日学校では仲間たちとともに冷やかに私を疎んじる。彼らはおそらく幼稚園からずっと仲間だったので、クラスで一〇人ばかりの彼らエリートグループは、出る杭は打たれることを知らぬ新参者の私を、小癪なライヴァルと認めて、意地悪の標的としたのである。

私の家は貧しくはなかった。だが上流でもブルジョワでもなかった。母はいささか文化的上昇志向のある人で、都市のモダニズムを精一杯生活に取り入れていた。冷蔵庫もあって、夏は学校から帰ると冷えた紅茶が待っていた。だがそれは上部に氷塊を収納する木製の冷蔵庫で、その氷を近くの氷屋へ買いに行くのは私の役目だった。ところが私の同級生の家のブルジョワ振りというのは、そんなものではなかったのである。

友人宅に遊びに行くとアイスティーが出てくるが、中に入っているのは砕き氷ではなくてキューブの形をした氷で、それが不思議だった。今にして思えば製氷トレイで凍らせた角氷だった訳で、つまり彼の家にあるのはウェスティングハウスの電気冷蔵庫だったのだ。蓄音器にしても、わが家のはハンドルでねじを巻くポータブルだったのに、彼の家のはアメリカ製の電蓄だった。家屋は堂々たる洋館である。

南山麓小学校で最初のころ意地悪をされたのは、自分がお人好しで何でも思ったままに喋った、特に作文にそれを書いたからだと悟った。母は諺の宝庫のような人で、何かといえば諺が口をついて出た。そのひとつに「能ある鷹は爪隠す」というのがあって、それを聞いたとき、自分は爪を隠す知恵がないお人好しだったと気づいた。私が父のお人好し振りを歯痒く思ったのは、小学校での手痛い経験のせいだったに違いない。しかし、ひとつには、父に対する母の批評的なまなざしにも影響されていただろう。母は父のお人好し振りを嘆くことがあった。父がいったん落ち目になると、いま取り巻いている連中がさっと姿を消してしまうのを母は知っていたのである。

大連時代私が、いや私だけでなく姉たちもそうだったと思うが、一番悩まされたのは、北京時代と同様両親の夫婦喧嘩だった。それはたいてい私たち子どもが寝ついた深夜に起こる。初めは仲良く花札などをしている。いわゆる六百券《けん》だが、これは母のほうが強くて、わずかながら金を賭けているものだから、父に敗けた分が溜る。父はなかなかそれを母に払わない。そんな風に仲良く花札をしたり語らったりしているうちに、会話は地雷を踏む。

＊

父の女道楽はあいも変らず続いていて、相手はバーの女給だか芸者だか知らないが、女が出来るたびに母に感付かれる。父は隠しているつもりだが、母はその点実に敏感だった。何かのきっかけで母が厭味を言い、言い合いになる。言い合いとなれば父に分はない。母は頭も言葉も辛辣な人だったし、道徳的にはむろん母に分があった。子どもがすでに大きくなっていたからか、父もさすがに北京時代のように母を撲ることはなくなっていた。その替り、言いこめられると物を投げたり壊したりする。自分が大事にしていた熱帯魚の水槽、エンゼルフィッシュやスマトラの泳ぐ水槽を、ストーヴの火搔き棒で叩き破ったこともある。そして真夜中の街へとび出して行く。母は「あーあ、ひとに出て行けと言って、自分が出て行った」とひとり言を言うのだった。

夫婦喧嘩はまさか毎晩あった訳ではないが、床にはいるとき今夜も起こりはしないかという不安がいつも私にはあった。人の顔色を読むという私の情けない性癖は、こんなところから育ったのかも知れない。

母には古い女と新しい女の両面があった。よく働きよく辛抱し、現実的な分別に富み、自己をしっかり抑制でき、慎みと謙遜を忘れない古風な女であるとともに、夫婦関係については大正育ちらしい理想があった。その点からして、自分というものがありながら絶えず外で女を作らずにはおれぬ父が許せなかったのだ。母は辛辣な頭の持ち主であるのに、非常に愛情深かった。日頃は父を軽んずるようなことを口にした。「お父さんは鼻水が頭から出てくると思ってるんだからね」と笑った。にもかかわらず、父のある種の善良さ、ダンディな男振りを愛していたのだと思う。

父にも母を愛する心は十分にあったと思う。美貌でしっかり者で、自慢に値する妻だったはずだ。機嫌とりではあったろうが、指輪とか狐の襟巻きとか反物とか、しじゅう母に買ってやっていた。母も反物をもらって「いい柄ね」などとお愛想を言っていた。その癖あとで私を相手に、父の着物の見立てをけなしたりする。父からすれば嫉妬さえしなければ、つまり自分の女遊びを黙認してくれさえすればよかったのだ。ほかは満点だった。「お前をもらったのは百年の不作だ」などと子どもの前で母を罵ったが、母の辛辣さに辟易していたには違いないものの、母にひかれる心も確かにあったのだと思う。

父は自分の女道楽を悪いとは一切思っていなかった。母にすまないとも考えていなかった。男なら当り前のことをやっているだけで、文句を言う母の方がおかしいと思っていたのは確かだ。ほかに女を作っても、お前のことは大事にしてるじゃないかと思言いたかった。「どうして俺ばかりが責められるんだ。ほかの男もみんなやってるじゃないか」。このある日の科白こそ、父の本音を語っていると思う。胎ちがいの兄を除いて、私たち子どもがみんな母の味方なのも不満で、自分は家族から疎んじられた不幸な男だと考えていた。こういう父の自己憐憫は子ども心にも見えていて、情けないことだと私は感じた。いわば子どもみたいに、自己中心の人だったというだけのことかも知れぬ。しかし、その血は私にも流れている。

父が逆に母に嫉妬したことも、二度ほど私は憶えている。ふたつとも大連時代のことで、ひとつは父の仕事を手伝っている二十代の青年が対象だった。父の留守中、ひと月ばかりわが家に寄宿していたこの青年は、背が高く色白な好男子で、特に私を可愛がって抱いて寝てくれた。『バラライカ』という映画の話をしてくれたことが記憶に残っている。彼はあとで知ったが朝鮮人だった。母は父の頼みなので預かって大事にしただけだろうに、旅から帰った父が母とこの青年の間に何かあったかのように疑ったのには私も驚いた。あとおなじようなことがもう一度あった。妬くからには愛していた訳だ。これも父の子どもっぽい自己本位の表われだったのか。

大連時代、二人はまだ四十代だった。親の性生活を推測するなどはしたないと叱られるかも知れないが、私はそうも思わないので書いて置く。朝起きると蒲団をあげて押入れに収める。自分の分だけでなく、両親がとも寝していた蒲団もあげる。その際丸められた鼻紙がいくつか転がっていて、私はいつも不思議だった。男女が交わりをするなんてまったく知らなかったから、鼻紙の意味がわかるはずもない。つまり激しい夫婦喧嘩にもかかわらず、交わりはけっして絶えてはいなかったのだ。

これは戦後になってのことだが、ある日母が近所のおばさん相手に、「小説にはあのとき女が狂うみたいに書いてあるけれど、あれはどうも大袈裟なんじゃないかねえ」と話すのを洩れ聞いた。父と母の交わりも、そういう小説的基準からすればあっさりしたものだったのかも知れない。しかし、そうであっても、母が父と睦みあうときがあったと思うと子たる私は心が和む。

私は母から猫可愛がりに可愛がられた。爪は切ってくれる。耳垢は膝の上に頭をのせて掻いてくれる。蜜柑と来ては皮を剝いてくれるのはもちろん、ひとつひとつの袋の皮まで剝いて果肉を花のようにはじけさせてくれる。着せ替え人形のように衣服を買ったり、作ったりしてくれる。風呂には抱いていれて、きれいに洗ってくれる。

母の外出には必ずお供をした。常盤《ときわ》橋の三越、浪速町の幾久屋といったデパート。母はよく反物売場に寄るので、その間は退屈だが、あとで必ず食堂に連れて行ってくれる。映画のお伴も私だった。帰りは磐城《いわき》町の森永パーラーや明治パーラーに寄る。母は洋画が好きで、『舞踏会の手帖』『我等の仲間』『暁に帰る』といったフランス映画はみな母のお供で観た。

母と観た映画のひとつに、主人がアルプスの山中で殺されるとき、その飼犬が遠く離れた家の一室で、主人の死を察知したかのように長鳴きするシーンがあったのをずっと憶えていて、いったい何という映画だったのかと気にかかっていた。ほんの一〇年ほど前のこと、ＴＶで放映したのでやっとわかった。ヒチコックが戦前撮った『間諜最後の日』だったのだ。

まさに私は母の寵児だったのであり、思えばよくもスポイルされなかったものだ。いや、多少はスポイルされたかも。私の性質の能天気なところはその証拠かも知れな

三越大連支店（『回想の旅順・大連』より）。
一番手前の塔のある建物が三越。

い。母は私が学校で成績がよいのも自慢だった。さすがにその点では私はいい気にはなれず、むしろ羞しかった。

しかし、母は私にあまくはなかったのである。叱られもし、頭も叩かれた。私がスポイルされてしまわなかったのは、そういう母の厳しい一面のお蔭だったと思う。口答えすると、「口から先に生まれて来て」と口の端をひねられた。「口から先に産んだのは誰だ」という科白が出かかっているが、さすがに口にする勇気はない。

母はきれい好きで、家の中をいつも磨きあげていた。病気してわが家で寝ているとわかるのだが、母は私たちを学校へ送り出すとすぐ、手拭いを姉さんかぶりにして掃除にかかる。そうやって朝のうち掃除をすますのに、夕方にはまた子ども三人に掃除させる。桐の簞笥や仏壇は乾いた雑巾で空拭《からぶ》きさせねばならない。すむと母は障子の桟に指をやって、埃りが残っていないか検査する。夕食後の食器の片づけも私たちにやらせた。男子厨房に立ち入らずどころか、母はどしどし私を厨房で手伝わせたのである。

父が旅行中で、母と姉二人とで暮していると、家は天国だった。学校へ行けば気苦労は少なくなかったけれど、家では私に敵意や反感を持つ者は誰もおらず、安心に満ちた世界が現れる。下の姉とは年子《としご》だったので、つまらぬことで諍《いさか》うこともあったが、長姉は三つ歳上で、母同様つねに正しく立派な人であったから、私にとって第二の母みたいなものだった。私を可愛がっていたのに、辛辣な点も母と似ていて、「京二はオッチョコチョイだから、並んで歩くと羞しい」などと言っていた。私が床屋で白癬《しらくも》をうつされたとき、「京二の頭に白雲棚引く」とからかったのもこの姉である。夏休みに二人の姉と南山へ、胴乱を提げ小さな植物図鑑を持って、植物採集に出かけたのは至上の思い出のひとつだ。

姉たちは私同様本好きだったが、彼女らが読むのは少女小説が多くて、もし姉たちがいなければ、バーネット夫人の『小公女』に私がのめりこむこともなかったかも知れない。私が買いこむ本も彼女らは先を争って読むのだったが、『噫無情《ああむじょう》』（もちろんユゴーの『レ・ミゼラブル』）のときは、二人仲よく一緒にページをめくっていたのが忘れられない。例のジャベール刑事が出てくるたびに、次姉が「また出てきた」と叫んだものだ。

私は小学校にあがる前、もちろん近所の男の子と戦争ごっこもやったが、姉たちの仲間にはいってままごと遊びをすることが多かった。頭に花柄の巾《きれ》をかぶらせられたことも憶えている。そんな訳で女言葉が身について、学校でひょっとしたときにそれが出て級友に笑われ、「お嫁さん」なる仇名を頂戴してしまった。

つまり私は女たちに育てられた人間で、女性に対する敬意と親和はその間に根づいたのだ。女の悪口を言う男は嫌いだった。十代の終りに結核にかかり療養所へはいったが、まわりのずっと歳上の患者たちが、看護婦（看護師という呼称は当時は存在しない）の悪口をしきりに言うのに、ずいぶん厭な思いをした。

母も三人の子を従えて暮らすときばかりはしあわせだったろう。お噺のうまい人で、特に怪談は真に迫って本当に怖かった。さんざん怖がらせておいて母は、「死んだ人間が何の怖いものか。生きている人間のほうが怖ろしい」というのが常だった。

母が語り聞かせたお噺の中に、蛙は雨が降るとなぜ鳴くのかというのがあった。蛙の母子がいて、子は母の言うことを聞かず、いつも反対のことばかりする。母蛙が死を迎えるときがやってきた。彼女は子蛙に、川の近くに自分の屍体を埋めると、雨で増水したときに流されるので、川から離れたところに埋めろと言いたかったのだが、この子は必ず言いつけたことの反対をやるので、川の近くに埋めろと言えば遠くに埋めるだろうと計算して、そのように言い残した。ところが子蛙は母に死なれて後悔し、今度ばかりは言いつけ通り川のそばに埋めた。だから蛙は雨が降ると、「母さんの墓が流される」と言って鳴くのだというのだ。

この話を母から聞かされたのは、まだ小学校へあがる前か、あがってすぐのころだった。この話の哀しさは私の幼な心に沁みついて、以来消えたことがない。母は私の言うことを聞かぬとあとで泣くことになるよと言いたかったのだろうし、効果は十分だった訳である。しかしその効果は、母の話上手と切っても切れぬ関係があった。

母は非常に愛情深い母親ではあったが、可愛がる反面、何だか突き放すようなところがあった。むかしの母親はたいていそうだったのではなかろうか。べたべたとはしていなかった。「お前は橋の下から拾って来た」と、小さいころから何度聞かされたことか。そう言われて私は悲しいような、それでいて「憎《にく》むぞがり」されているような変な気分だった。「憎むぞがり」とは肥後弁で、可愛いあまりに相手がいやがるほど玩弄することを言う。「むぞがる」というのは「可愛がる」という意味だ。

いつぞやこの話をある歳下の友人にしたら、自分も母親からそう言われたとのことだった。また、そういう母親たちの慣用句の背景には、わが子の健康を願うために、道にいったん捨てて人に拾ってもらうという民俗があるのだと教えてくれた人もいる。ただ私は母のこの言葉から、本心は可愛くてたまらないのに、時として辛辣であったり突き放したりしそうな母の独特な性格を感じて、何かジーンとするのだった。

一日中散々働いて夜床に就くと、母は「世の中に寝るより楽はなかりけりいかなる馬鹿が起きて働く、あーあ」と伸びをするのだった。切りなし働くので、肩が凝り腰も痛む。私は小学生のときから、母の肩叩きや腰揉みをやらされた。と言って、母は病身だったのではない。いま思うと、元来は丈夫な人だったのだと思う。母が入院したのは四回しかない。一度は北京で流産して入院した。私には弟か妹が出来損なったのだ。二度目は引き揚げ後、盲腸炎の手術で短期入院、三度目はずっと晩年になって何の病気だったか忘れたが、これも短期入院、四度目は死ぬときだった。

ただ大連時代の母は、自分には狭心症の持病があると信じていた。急に心臓が苦しくなり、「救心」という丸薬を飲む母を度々目にした。狭心症というのも自称ではなく、そういう診断を受けたのかも知れない。しかし、晩年にはその症状は嘘のように消えていた。八二歳で肺ガンで死んだが、心臓が丈夫でなかなか臨終が訪れなかったほどだ。姉に「あの狭心症は何だったのだろう」と尋ねると、「親父のせいよ」と答えた。父の女道楽が母の心を苦しめて、心臓の発作をひき起していたというのだ。晩年は父と別居しており、よそでほかの女と暮らしている父を見限ってもいたから、もう苦しむこともなかったのである。

母はいわゆる聞き上手だった。大連時代も近所のおばさんたちがやって来て愚痴をこぼすのに、「そうですか、そうですか」と上手に相槌を打っていた。だからご近所では人望があった。でもそのあとで、母はひょいと批評的な言葉を洩らすことがあった。それを聞いて私はお母さんは人が悪いと、子ども心に思った。でも人が悪いというのは、懐ろが深いということだ。そのことも私はわかった。母は子どもの相手も上手で、孫たちもすぐなついた。また人遣いもうまく、親戚の若者など「おばさん、おばさん」と頼って来たし、大店《おおだな》の内儀《おかみ》などやらせたら適《はま》り役だったと思う。行きつけの八百屋や魚屋などともすぐ懇意になり、彼らから一目も二目も置かれていた。

母はいいもの好きで、「安物買いの銭失い」が口癖だった。晩年は姉夫婦と暮らしたが、姉は「お母さんは贅沢で困る」と言っていた。これは食習慣のことで、年とって食も細くなっていたのだと思う。私が療養所を退所してわが家へ帰ると、母は私にオーヴァーを誂えてくれた。母にとって洋服とはオーダーするもので、ぶら下りを買うものではなかったのだ。おそらく父がそうしていたので、その習慣を母も受け継いだのだろう。その後も、もういい歳で一家を構えていた私に、デパートの紳士服部でオーダーで背広を作ってくれたことがある。私が子どものころも、私の服はオーダーで作らせていた。

と言って、母は貧乏や困窮に順応できぬ人ではなかった。敗戦後、大連の日本人の生活は売り喰いに頼る悲惨なものだったが、母はみごとに耐え抜き、自慢の着物も全部売った。それを駅前広場に持って行ってロシア人将校に売るのは、中学生の私の役目だった。また母は連鎖街のビルの地下室に屋台を出した。カツ丼が売り物で、私はカツ丼では母の作ったものほどうまいのは、後にも先にも喰ったことがない。卵でとじたりはせず、ダシを掛けただけの京風だった。この屋台は大繁昌で、母はしっかり稼いだようだ。ある日私は学校帰りに母の屋台に寄って昼食にカツ丼を喰ったというので、父から横面を張られた。父から打たれたのはこの一回切りで、贅沢だというのが父の言い分だったが、自分が妻の稼ぎに頼っていたのが業腹だったのだろう。

実は母が屋台を出したのは、父が市政府の警察につかまったからである。敗戦後、父は隠匿物資などのブローカーをやっていた。日本内地でいえば闇市場の仲買いである。それで法に触れ、投獄された。母が屋台を出したのは父が投獄されてから、釈放されて健康を回復するまでのことで、半年くらいのことだった。父の釈放については母はいろいろと奔走し、市警察で幅を利かせているかねて知り合いの朝鮮人にも頼みこんでいた。知り合いの若い時計屋をわが家に寄宿させたのもこのときである。下宿代が欲しかったのだろう。出獄した父はこの時計屋と母の間を疑った。父のやきもちの二度目だった。

日米戦争が始まると、父は興行の方は次第にやめた。というのは父は当時の映画スター坂東好太郎の一行を呼び、一二月八日がその大連における上演第一夜だったのだが、ちょうど日米開戦当日の夜とて客がはいる訳がなく、以下各地の巡業も同様で父は大打撃を受けた。その後父は近所の中国人の豆腐屋と提携し、軍隊に豆腐を納入する仕事を始め、大連市の郊外で農場を購入したりした。大連時代の父は最初のうちは事業も至極順調で、わが家の家計も潤沢だったようだ。しかし、興行の仕事をやめ馴れぬ商売に手を出してから段々と落目になり、特に敗戦後はそれまで経験したことのない困窮を味わったのである。郊外の農場など放棄するほかなかっただろう。子どもの私はすぐ状況に慣れた。しかしすでに四十代半ばを越えていた父母は、よくもあの境遇の急変に耐えたものだ。

引き揚げてあとのこれまた悲惨な暮らしにも、母はちゃんと順応した。あの奥様然としていた人が、いまで言うパートで町工場みたいなところで働いたこともあった。もともと育ちにそういう庶民の血があったのだと思う。熊本へ引き揚げたのは母の実家を頼ったのだが、その実家は空襲で焼け出され、菩提寺の一隅に寄寓していた。父と母はそこへ転がりこんだのである。

実は姉と私は大連日本人引揚対策協議会というところで働いていた。姉は女学校を出て代用教員となっており、敗戦後学校で出来た職員組合の関係か何かで、私より早くそこに勤めていた。私は敗戦二年目の秋、友だち仲間五人で中学校をやめてそこで働くことにした。引揚対策協議会は延安帰りや満州の刑務所帰りの共産主義者が組織したもので、大連はソ連軍占領地域だったから、彼らが日本人の自治機関たる協議会を占拠したのだ。延安は中国共産党の本拠である。野坂参三がモスクワから延安へ行って日本兵に逃亡を呼びかけ、そこで結成された日本人のコミュニストグループが大連にも流れこんでいた。それを延安帰りと呼んだのである。姉も私も早速コミュニズムの洗礼を受けた。

姉と私は最終引き揚げ船が出るまで勤務するという条件で、父と母を早目の引き揚げ船で帰国させることができた。だから二人は私たちより四ヵ月ほど早く帰国できたのである。敗戦二度目の冬を迎えて、父も母も弱り果てていた。何しろその冬は石炭が切れて、暖房なしで零下十数度までくだる毎日を過したのだ。二人の引き揚げを見送ったときのことは忘れられない。母はズボンに靴のいでたちだった。母はいつも和服で、靴を履いた彼女の姿など初めて見た。珍妙で可憐で、痛ましかった。

一九四七年の四月、姉と私が帰国してみると、両親は萩野家の菩提寺の一隅で、私たちの母方の祖母、哲子叔母、気のふれた叔父ともども五人で暮らしていた。姉と私がそこへ転りこんだので、その六畳一間に七人が寝起きすることになったのである。

父は帰国後、ピストン堀口を呼んでボクシング試合を興行するなど、何やかやとやっていたが、あまりうまくは行かなかったようで、「東京へ行けば何とかなったのに、お前が熊本へ帰ると言い張るものだからこのザマだ」とぼやいていた。東京には父の知人が大勢いた。徳川夢声もその一人だった。

姉は帰国してすぐ熊本医大付属看護学校の事務職についたので、一家を支えていたのは主として姉のサラリーだったのかも知れない。私は引き揚げた翌年、第五高等学校（現熊大）文科へ入学して一学期過ぎたばかりの夏休みに突然喀血し、さらにその翌年からは四年半療養所で暮らすことになったので、その間の家の事情はよく知らない。父は単身熊本を離れ、そのうちどういう伝手があってか、大分県日田市で映画館の経営を始めた。母は父と別居し、姉と医学部職員寮で暮らしていた。熊本医大は学制改革で熊大医学部となっていた。

この職員寮は私も療養所を出たあと四年半ばかり暮すことになるのだが、藤崎台という熊本城の一画の高台に建つバラック兵舎を改造したもので、ガランとした兵舎をベニヤ板で仕切り、八畳ばかりの一間《ひとま》をいくつも並べたもので、母と姉はその一室にはいった訳である。煮炊きは廊下、水は戸外の数十メートル離れた水道管の蛇口からバケツに汲みおいたものを用い、便所は共同というしろものだった。戦時中、投下された焼夷弾が引っかかるといけないというので、天井板は取り払われて屋根組みが剝き出し、従って仕切りのベニヤ板の上には共通空間が拡がっている訳で、隣室の話や動きはみな筒抜けだった。

母はこんなところで、一九四九年から六〇年まで暮らしたのである。母はそんな暮らしにも平然と順応していた。裏庭を耕して野菜を収穫し、ニワトリも飼って卵を産ませた。姉の給料のみに頼る生活なのに、例の木造冷蔵庫を古道具屋から買いこんだし、牛肉は高いから替りに馬肉でステーキを焼くし、モダン志向は一向に変らなかった。長屋暮らしのようなものだから、もう五十代になっていた母は、職員寮の長老として寮内のおかみさんたちから頼られていた。後年母は「藤崎台のころが一番よかった」と述懐した。お城の一画で楠の巨樹に取り巻かれ、しじゅう鳥が飛んで来るような環境で、母ものびのびとしていたのだろう。この人の庶民出の生地を見せられたようで、私はちょっと感動した。

父のことはもう見切っていた。というのは、父が日田で女と暮らしているのを母は知っていたからだ。その女というのは何と、わが家が寄寓していたお寺の長女だった。背の高いガラガラ声の未婚の女性で、別居して勤めをしていて実家の寺にはときどき顔を出すだけだったのに、父はいつの間にこの人をものにしたのだろう。たぶん自分の事業を手伝わせるか何かして、その間に手を出したのだろう。美人でも何でもなかった。齢は私の姉より三つ四つ上だったかも知れない。いずれにせよ、自分の娘と言ってよい齢ごろだった。

お寺に居たのは三年くらいだったが、母が妹の哲子叔母と衝突して、あとでは本堂の一隅で暮らしていた。私には小さいながら机が宛がわれているからいいが、ガランとした本堂の片隅で、父はどこに坐っていたらいいのか、いつもむっつりと所在なげ、いや不機嫌そのものだった。「事業」と言っても中味は何だったのか。半失業状態だったらしく、金にも不自由して遊びに出るのもままならず、檻の中の猛獣のようにうろうろしていた。若い娘に手を出すしか、憂さの晴らしようがなかったのか。

私が療養所を出て職員寮で暮らすようになったあと、父が日田からやって来たことがあった。どういう訳で久し振りの御帰館となったのか忘れたが、姉が一九五四年に結婚したから、遅ればせながらその祝いのためだったのかも知れない。母が父をとっちめるべく手ぐすね引いているらしいので、ごたごたが厭な私は「もうしょうがないから、何も言わないでよ」と母に注文し、母もそれに従ってくれたので、父の御帰館は無事にすんだ。もっとも母はあとで、「京二が何も言うなと言うものだから我慢した」と不平たらたらだった。

父は三日もいただろうか。その間私は一度だけ外出し、一緒に市電に乗ったことがある。席が空いたので座ろうとすると、「座るな」と父が言う。私はそのとき父のお下りの上等なコートを着ていたのだが、そのコートに皺が寄るというのだ。これには呆れた。父のおしゃれには気づいていたが、ここまで徹底していようとは。そう言えば、戦後父はたいして成功はしなかったはずなのに、身に着けているものはすべて高級品だった。その後父は日田から、自分の使い古しの服や靴をどしどし送ってくるようになった。着古しと言っても、生地も上等、柄もシック、しかも新品に近い奴だった。父は北京や大連のころとおなじく、どんどん新しく服を作って、ちょっと飽きたら人にやっていたのだ。日本映画界もちょうど最盛期で、日田でやっていた映画館も景気がよかったのだろう。それにしても、新品を買ってくれたことは一度もなかった。

その束の間の御帰館の際に、もうひとつ思い出がある。今井正が独立プロで作った『どっこい生きてる』の話になった。私も姉も共産党員で、母や哲子叔母まで姉に感化されてシンパになっていたわが家では、むろんこの映画に好意的だった。そのとき父がちょろりと言った。「今井正《しょう》は今度はちょっと真面目すぎたよ」。正《しょう》と発音したのもアレッという感じだったが、なるほど親父は映画人だなと改めて思った。

父は姉の結婚祝いに金の腕時計を贈った。中古だが最高級品というふれこみだった。ところがそれが故障して、姉はデパートの時計部主任をしている母のいとこのところに持って行った。そして、それが実はいわゆるテンプラの安物だったと知った。姉は激怒した。というより深く傷ついた。あの人は自分の娘まで欺《あざむ》くというのだ。姉はすでに母への仕打ちについて父を許していなかった。それに追い撃ちをかけられたのだ。私も父の気持ちがわからない。あんなに服を取っ替え引っ替え作るのだから、金に不自由していたはずはない。それとも内証は苦しかったのだろうか。それでせめて娘へ見栄を張ったのか。

父には昭和モダニズム時代の紳士という雰囲気があった。小津安二郎の映画には、いまは会社の重役などに出世したかつての同級生たちが、時々集まって飲み喰いし、悪童めいた会話を楽しむシーンが出てくる。父があの中にまじっていてもおかしくはない。もっとも父は彼らよりちょっぴり遊民めいてはいたけれど。でも私は小津作品の紳士たちの同窓会的シーンはけっして好きじゃない。

私が療養所を出たとき、かつての五高の同級生はみな大学を卒業してしまっていた。私は五高に入る前の一七歳からすでに共産党員だったし、療養所を出たあとは左翼の文学運動に熱中していたから、いまさら大学へ行くつもりはまったくなかった。しかしのちに妻となってくれた岩下敦子と婚約したとき、岩下家から大学だけは出てくれと言われた。仕方なく私は法政大学の通信教育部にはいり、それじゃしょうがないというので一九五九年には社会学部に転部して、その一年の間、妻子を熊本に置いて東京へ出た。

父はそのことを知って、月に一万円私に送金してくるようになった。私は妻と長女を母と姉に預けたのだが、敦子は県庁に勤めて給料をとっていたので、家から月に一万送ってもらっていた。それが倍になったのだから、これで本が買えると私は元気づいた。ところがそれを知った姉が怒った。「京二はお父さんから平気で金をもらうの」。そう詰問されて私は父に送金を断る手紙を書いた。

そのときの父の返事は、息子から援助を断わられる父親の惨めな気持がわかるかというものだった。なるほど、それはわかる。しかし私には、自分の療養生活をずっと支えてくれ、いままた妻子まで抱えこんでくれている姉への義理があった。姉は父を絶対に許そうとはしなかった。それに私は父の手紙に、この人の痼疾ともいうべき自己憐憫を読みとらぬ訳にはいかなかった。父に気の毒という思いと、この人はあまえの抜けない人だという苦々しさとに私は引き裂かれた。

記憶が定かではないが、父から母に離婚したいという申し出があったのはこのころではなかったか。日田で一緒に暮している人との間に生れた娘が私生児のままでいるのが可哀そうだというのだ。その前後、私だけにその子の写真を送ってくれたが、もう小学生で、目をみはるような美少女だった。父も元来子煩悩な人だったから、この子がどんなにか可愛かったことだろう。「別れてやりなさいよ」と私は母に言った。母に父に対する未練がもうないことを知っていたからだ。ところが母は断乎として承知しなかった。「なぜ私が渡辺の籍から出なくちゃならんの」。自分に落度はないと言わんばかりだった。あるいは母は私と別姓になるのが嫌だったのか。母の最後の意地でありプライドであった。

母は父のことを子どもみたいな、しょうがない人と言っていた。赤痢にかかって入院し、絶食が続いたあと、やっと衛生ボーロを三粒だかもらえるようになる。それが一粒少ないと言って看護婦と大喧嘩した人だというのである。まだ結婚する前のことだというから、父自身からその話を聞いたのだろう。また引き揚げのとき、収容所で出る味噌汁の具が、自分の椀より母の椀の方に多くはいっていると、とたんに機嫌を悪くしたそうだ。「おまえのお父さんはそういう子どもみたいな人なんだよ」と母は私に言った。

一九六〇年春、私は結核が再発し、帰熊して入院生活を送った。翌年の六一年も完治せず、妻と長女の三人でアパート暮しをしていた。父はそのとき急死したのである。

父は所用で福岡市へ出かけ、宿泊中の薬院のホテルで喀血、窒息死した。私は二度大喀血を経験しているが、喀血したときは思い切り吐かねばならない。大量の血に驚いて吐くまいとすると、血塊が詰って窒息死する。思えば父は若いころ結核にかかっていたのだ。私が見憶えている父は壮年の丈夫そうな男だったが、実は完治はしていなかったので、私も若死した姉も感染源は父だったのに相違ない。私は北京で二年生のとき、肺尖カタルと診断され長く学校を休んだことがあった。結核の初期症状を当時そう呼んだのである。思うに父は結核歴は長いのに、大喀血の経験がなかったのだろう。それでとめようとして息が詰った。

日田から父の友人が、相続のことなどもあって私を訪ねて来た。私はもう十代の終りから、女の問題で父を責める考えは持っていなかった。だが母の気持ちを代表して、母に対していかにひどい父だったか話した。その人は黙って聞いてくれて、そのあと「だけど友達で、ナベさんを悪く言う人はひとりもいませんよ」とだけ言った。父はそのひと言で救われたのだし、私は父を悪く言ったことを恥じた。

日田には私が代表してお詣りに行き、相続を放棄することを、父の事実上の妻となっている人に告げた。その人は相応に齢とっていたが、相変らずのガラガラ声で、とてもあっさりした男っぽい感じだった。この人と暮らして、父は気楽でしあわせだったのだろうと思った。もう他の女に手を出すこともなかったのかも知れない。この女で落ち着いたのだ、こんな男みたいなあっさりした女が父はよかったのだと私は思った。母は父にとってあまりに持ち重りのする妻だったのか。父がいわゆる面喰いではなかったのも意外だった。それとも齢とってそうなったのかしら。この女性はもうこの世の人ではあるまい。だが私より二〇歳は若いはずの娘、つまり私の胎違いの妹はまだ生きているだろう。しあわせであってほしい。

父について語るべきことはこれ以上ない。つくづく縁が薄かったのだと思う。だが、母についてはまだ語るべきことがある。第一私は、療養所にはいったとき母がついて来たことをまだ語っていない。療養所の食事はまずかろうから、自分が付き添って京二の食事を作るというのだ。

患者が手術を受けたり容態が悪化して個室にはいっているとき、家族が付き添うのは珍しいことではない。だが私のように大して重症でもなく、八人部屋に収容された患者に母親が付き添って来るというのは前代未聞であったらしい。このとき私は一八歳で、自分ではおとなのつもりだったから、羞かしいといったらなかった。何しろここは数年前までは傷痍軍人療養所で、患者は兵隊あがりが大部分だったのである。

療養所には重症患者に傭われる付き添い婦というのがいて、彼女らのための宿泊部屋がある。母はそこに泊りこんだ。そして三食を私のために作り、自分は私に出た病院食を食べる。母は眼ざとい人だから、私と同室の七人の男のうち、息子のために誰の機嫌をとっておかねばならぬかすぐ見抜いた。戦前は人力車夫をしていた藤岡という五十がらみの男がいて、ヤクザの組にはいっていたこともあるらしく、ベッドの脇にしゃがみこんで何かしていると思ったら、長ドスを砥石にかけていたりする。同室の者への示威行為だったのかも知れない。

母は昼食のおかずを余分に一皿作って、この男に進呈した。藤岡は「奥さーん、こりゃあどうも」と、年甲斐もない甘え声を出した。母はそのとき四八歳だったが、まだ十分綺麗だった。それにしても母は付き添い婦たちと同居して、彼女らとたちまち仲良くなってしまった。中には母の子分みたいになった人もいた。母のこの順応力にはいまさらのように驚く。

母はずっと私に付き添っていたのではない。二、三ヵ月いて、私の病状が安定したと見ると帰宅した。だがその年の暮、私が癒着した肋膜の剝離手術を受けるとまた付き添ってくれた。今度は個室だから、母は私のベッドの脇に蒲団を敷いて寝る。この間、前田正子という私とあい歳の看護婦がしばしば私を見舞ってくれ、母とも仲良しになってしまった。かしこく気丈で、純な癖に母同様辛辣なところがあり、母はこの娘が非常に気に入っていた。私が八人部屋へ戻ると、母も帰宅した。

入所して四年目に、私は胸郭成形術という肋骨を六本も切除する大手術を受け、そのときも母は付き添ってくれた。母は私が青年になってからは、むかしのように愛情を露わに示すことはなくなっていた。私に対する態度も時として辛辣でさえあった。ところがある日葡萄糖の注射を受けた直後に、何か不純物がまじっていたのか、からだが瘧《おこり》にかかったようにがたがた慄え出した。母は動顚し、「京二、京二」とおろおろ声を出して、私に覆いかぶさり激しく抱き締めた。母が私に幼ないころとひとつも変らぬ激しい愛情を抱いてくれているのを私は悟った。普通は、もう大人になった息子に対して、生々しい愛情を示すのを羞じていただけだった。

おなじような経験はもう一度あった。前述したように、結婚して長女が生れたあと、私は上京して大学へ通うことになり、妻と長女を姉の家に預けた。母はむろん姉と同居しており、姉の夫は入り婿のようなものだった。結核が再発して帰熊したあとも、親子三人姉の家（もう黒髪町宇留毛の広い借家に引越していた）に同居していたが、そこにはリュウマチを病んで退職した哲子叔母もいた。ある日敦子と哲子叔母が小さな諍いをして、それを折に私は姉の家、というよりむしろ母の家を出て、木造二階造りのアパートへ移った。父の訃報にはそこで接したのである。母の家を出たあとも、長女を連れてしばしば訪れた。長女は母のお気に入りだったし、また姉の長男とはきょうだいのように育ったからだ。

　私は第四学年はまったく通学せず試験だけ受けて、大学を一九六二年に、普通より九年も遅れて形だけ卒業した。それを汐時に東京で職を探し、いずれ妻子も呼び寄せるつもりで、母の家に別れを告げに行った。母は泣いた。あの気丈な人、あの照れ屋で、いつも辛辣なことしか私に言わぬ人が、玄関先で別れるとき取り乱し、文字通りおろおろとして泣いた。幼いころとまったく変らぬ愛を注がれているのを、このときも私は感じた。母は六一歳になっていた。

　いま考えると、母がほんとうに照れ屋だったことがよくわかる。まっすぐな愛情表現が苦手で、反語のひとつも飛ばさずには愛を伝えられぬのは、肥後女の特徴なのだそうだ。母はその点では典型的な肥後女だった。

　私は一九五三年一一月に療養所を退所したのだが、五四年が明けると前田正子が急死した。彼女は私が退所した直後、当時住んでいた八幡から訪ねて来て、藤崎台のわが家に二泊して行ったのだが、その際「京二さんじゃなくて、おばさんに会いたかったのよ」などと言っていた。隣室に住んでいた哲子叔母が「若い女がなんでわざわざ姉さんを訪ねて来ようか」と、あとで余計なことを言った。母が正子を気に入っていたのは前に書いたが、このころは彼女と結婚しろと私に勧めるようになっていた。お前は病人だから、伴侶は看護婦さんがいいというのだ。

正子の死を告げる義姉に当る人の手紙を読んだとき、私は号泣の発作に捉えられた。涙が止まらないだけでなく、泣き声のとどめようがなかった。母はしばらく黙っていたが、ぽつりと「私が死んでも泣かんようにせい」と言った。母は私が正子に対して罪責の念にかられていることがわかったのである。だから自分が死んだとき、なぜもっと母に優しくしなかったかと後悔して泣くなという言い方で、私の悲しみへの理解を示したのだ。さぞ悲しかろうと私を慰めたりできぬのは、母の照れ性《しょう》のせいだった。

敦子と恋仲になると、私はすぐ彼女を母に紹介した。下通の喫茶店で二人を会わせた。母はしかるべき愛想も示さず、煙草を吹かしながら敦子をじろじろ観察する風で、敦子はすっかりあがってしまった。私は憤懣やる方なかった。母は息子を取られると思ったのだろうか。そんなことはあるまい。正子は自分のほうから勧めたではないか。いま思うと、これも母の照れ性の表われとみるのが正解なのだろう。あるいは、敦子は熊本市役所の総務部長で（当時まだ「局」は存在しない）次期の助役と目された人の娘だったから、ウチだって敗けていないよと、対抗心が頭を擡げたのかも知れない。

母の私に対する濃密な愛は、私が中学へはいったころから抑制され始めたように思われる。つまり彼女は私が自分の手を離れたと感じたらしいのだ。これは今日の中学の観念からするとわかりにくいかも知れない。一九四八年の学制改革以前の中学校は五年課程であり、いまの中学と高校を併せたものと思えばよい。しかも全国民中、中学へ進学するのは恵まれた家庭の子弟にすぎなかった。大連は日本内地より生活水準が高かったし、私の小学校は前記したように市内一のブルジョワ校だったから、クラスメイトは九割かた中学へ進んだが、内地の農村では、中学へ進む者はクラスの二、三人だったと聞いている。小学校卒業が普通の国民の学歴だったのである。母は小学校の高等科しか出ていなかった。これは六年の尋常小学課程に二年追加するもので、母は一般庶民のうちではましな教育を受けたほうではあったが、中学校、女で言えば女学校は憧れの世界でしかなかった。ましてや、大学となると完全に異次元の世界である。

母は私のことを、中学から旧制高校（新制大学の教養部に相当）、大学へ当然進むと思っていたはずだ。死ぬ少し前だったが、「おまえの小さいころ、先はどんな偉い人になるだろうと思っていた」と述懐したことがある。大いに期待がはずれたという訳だが、私が中学へはいり、ましてや旧制高校へはいるにつれ、この子は私の知らない世界の人間になって行くと感じたのは当然というものだった。母は庶民の常として、知識と学問の世界に謙虚な畏怖を抱いていた。

それにしても、私が母の期待するような出世を遂げず、そういう出世に進んで背を向ける生きかたをしてきたことについて、「お母さん、悪かったね」と詫びたい気持はある。ただ母は、世俗的成功などにはそれほど捉われる人ではなかった。

母は私が中学生になると、ほとんど私に干渉しないようになった。成績はよかったから安心していたのかも知れないが、二年生の秋から文学というものの存在にめざめ、学校での勉強が阿呆らしくなってからも、そういう息子の変化は書棚に並ぶ本の背文字や、机の上のゲーテの肖像画からも読みとれるはずなのに、何も言わなかった。ただ一度、芥川龍之介の『好色』を読んでいたら、色をなして怒った。しかしこれは、父のような道楽者になられてはという彼女の危惧から生じたことで、その後そんなことは一度もなかった。第一『好色』は読めばわかるが、エロティックな読み物などではまったくない。母はただ標題に度肝を抜かれたのである。

私が引揚対策協議会にはいって左傾したときも、引き揚げ後共産党に入党したときも何も言わなかった。第一、五高受験の際も、「五高を受けるよ」「ふーん」、「通ったよ」「ふーん」であった。

熊本育ちだから、五高というものが何であるか、十分承知していたはずだ。熊本の庶民は五高生と言えば、末は大臣・博士とまでは思わないまでも、自分たちと縁のないエリートになる人だというので、彼らが酔興で寝ころがって電車を停めようが、いたずらで夜中に店の看板を掛け替えようが、笑って大目に見ていた。母は私が五高に通っても、よくやったねなどと賞めはしなかった。これも彼女の照れであったのかも知れない。

だが、雛鳥はもう巣立ったと言わんばかりの母の不干渉主義が、私はどんなにありがたかったことか。私が共産党にはいったとき何も言わなかったのは、そういうことに口出しする資格は自分にはないと思っていたからだろう。母は一庶民として、自分の生活世界の外にあることに対しては実に謙虚だった。

五高にはいる直前だったと思うが、私は齢上の党員仲間と文学サークル誌を出し始めた。文学をやるという気持ちはもう固まっていた。その年の秋、新日本文学会の菊池章一氏（当時新進の文芸評論家で、キクチ・ショーイチと表記していた）が、熊本に新日文の支部を作るため来訪した。私は前記したように結核を発病し、一八歳になったばかりで死ぬのかなあと思ってお寺の本堂の天井を見上げて寝ていた。菊池氏の眼鏡に適った五人ばかりが入会を認められ、支部が成立したが、私もその一人に選ばれた。その際母が菊池氏に「この子をよろしくお願いします」と挨拶したのには驚かされた。菊池氏は変な顔をして、それでもうなずいていた。

弟子入りじゃあるまいしと、私はいささか羞しかったが、私の文学志向を母が察していて、しかもそれに異議を唱える気がないらしいのに私は驚いたのである。母は文士の生活が貧乏暮らしの同義語だと承知していたはずだ。私は文士などになる気はなかったが、文章表現が自分の一生の仕事だとすでに見定めていた。そういう私の志向を見抜いて、そのまま認めてくれた母のすごさを改めて思わずにはいられない。この人は私がどういう人間か、いやどういう人間でしかありえないのか、わかっていたのである。まさに子を知ること親に如《し》かずだ。

しかし、私がひとり立ちして以後の生きかたに母が納得していたとは到底思えない。綱渡りのような私の暮し振りをはらはらしながら見てもいただろうし、私の思想的な志向など、母には理解を絶することに思えただろう。それこそ「夢ん久作どん」のすることだったのである。それに母は敦子のことが初めはあまり気に入っていなかった。正子は家の事情で女学校を中退するなど、苦労した女だった。勘がよく気が利いて、母と気性が似ていた。その上母の懐ろにとびこむ果敢さを持っていた。ところが敦子はお嬢さん育ちで、母の心をつかむような器用さは持ちあわせていなかった。家の中の片づけかた、子どもの育てかたという点でも、母の心に叶わなかった。私にはむしろ、彼女のそうしたきびきびしないところが救いだったのだが。

母は姉と気が合ったからこそ、死ぬまで一緒に暮したのだし、姉はそれこそ母を崇拝していた。それでも気のきつい同士だから衝突することはある。そんなとき母は「家出」して、私の家に転がりこんだ。しかし、三日ももたなかった。母からすれば、わが家の散らかりようはとても暮らすに耐えなかったのだ。ただ晩年には、母は敦子をとても頼りにするようになった。それも敦子の人柄のせいだと、いまは亡き妻に感謝する。

姉は清く正しい人で、愛する者のためにはいつ何どきでも自分を犠牲にできる性分だった。彼女は私が療養所にいる間、ずっと定期的に見舞いに来てくれ、自分の給料を私の栄養補給のために注ぎこんでいた。退所したあとは、私の原稿の清書をしてくれた。若いころ私は姉を安寿姫ではないかと思うことがあった。弟のためならいつでも命を投げ出す安寿姫。

しかし姉は私がいくつになっても、四人の子の親になっても、まるで子ども相手のように世話を焼こうとした。「あなたには夫も子もいるでしょう」と私は言いたかった。世話とはつまり干渉であるから、ともすると撥ねつけたくなる。すると姉は「京二のためを思って言っているのに」と母に訴えた。そんなとき母は「お姉さんという人は本当に心がきれいで、自分のことなど何ひとつ考えていないんだよ」と私をさとすのだった。

私は一九六五年に東京暮しに見切りをつけ、文学や思想上の仲間のいる熊本へ帰った。最初は地方文化雑誌を出して、それで喰っていこうと思った。石牟礼道子さんの『苦海浄土』（掲載時のタイトルは『海と空のあいだに』）が載った『熊本風土記』がそれである。姉は資金にしろと三〇万出してくれた。当時は大金である。それでも一年たって潰れた。

石牟礼さんは出熊の折、黒髪町宇留毛のわが家に泊られることがあった。小学生になったばかりの長女と一緒に寝て、子守唄を唱ったりして下さった。敦子は壁ひとつ向うの隣家を気遣うのか、「海辺で育った人は声が通るのね」とそっと私に言うのだった。母の家はすぐ近くだったから、石牟礼さんを母に紹介する折があった。母はひと目でこの人が気に入った。のちに石牟礼さんが有名になって新聞に写真が出ると、「綺麗になんなさったね」とほめた。古稀の祝いの際は石牟礼さんから句を書いた色紙をいただいて、死ぬまで自室に飾っていた。

雑誌が潰れると、私は友人の助言で中・高校生相手の英語塾を始めた。最初の数年は大成功で、敦子は「塾って日銭《ひぜに》がはいるのね」と喜んだし、母も安心したようだった。だが一九六九年に水俣病裁判が始まると、私は友人たちと「水俣病を告発する会」を結成し、運動の高揚につれて塾の方はお留守になった。塾生も段々と減り、またぞろ綱渡りの暮らしに戻った。

それやこれやで、私は母を訪ねるゆとりがほとんどなかった。それでも姉の家が引き越しをするときは、「告発」に参加している熊大生を連れて手伝いに行ったりはした。母は学生たちの親分みたいになっている私よりも、以前の神経質で書生っぽい私の方が好ましかったらしい。「おまえは以前のほうがよかった」と言ったことさえある。当時の風潮に染って私が長髪にしているのも気に入らず、会う度に「何かい、その髪は。切んなさい」と言われた。母は以前の私のほうが純情でよかったと言いたいのだった。闘士みたいに学生をひき連れている私は私らしくないと感じていたのだ。母の眼は澄んでよくものが見えていた。いまにして私はそう思わざるをえない。

私がめったにしか母を訪ねないのは、姉と同居している限り母については安心だという気があったからだが、訪ねるとまず一時間は説教されるので、それが煩わしいということもあった。とにかく母からすると私は、年に数回しか訪ねて来ない親不孝者だった。説教はまず「おまえの家はなっとらん」ということから始まる。子どもは野放しで、家政もめちゃくちゃ。私自身何で稼いでいるのやら、果して家族をちゃんと喰わせているのかも心許ないという次第だ。

なるほど母が居る姉の家はきちんと整理が行き届き、姉の夫は会社勤めでちゃんと稼いでいるし、姉自身も長く勤務を続けて共稼ぎである。二人の男の子は揃って秀才。二人とも県下随一の受験校熊本高校で、一年から三年まで首席で通している。あとでは兄は東大文一、弟は京都府立医大に現役で通った。

それに引き換えわが家は、長女こそ熊高を出たものの、あとの二人は私立高校、末っ子は発達障害児である。敦子さんももうちょっと子どもの教育を考えるべきだ。第一、杉生（障害児）にばかりかまけて、ほかの子をほったらかしているのが間違っている。杉生はああいう生まれだからしょうがない。あとの子が大事だ。

こうひとしきり説教があって、それから掌を返したように、おなかが空いていないかい、寿司をとろうか、ちょうどケーキがあったから食べないかと、まるで育ち盛りの子どものように私に何か喰わせようとする。そして晩年の楽しみはテレビで観る大相撲だったから、ひいきの力士の話になったりもする。

姉の長男の裕樹は叔父さんが来たというので、呼び出されて席に連らなっているが、ちょうど大学受験前とて、その間にも膝の上の英単語帳をめくっている。そのうち何と、母が裕樹に「京二」と呼びかけたのである。母は耄碌などしていなかった。私にはすぐわかった。これは単なる呼び損いではなく、母の心にはすでに気に入らなくなっていたいまの私の替りに、裕樹の歳ごろだった私の像が居坐っているのだ。裕樹に若いころの私を見ているのだ。それはぞっとする発見だった。あとで廊下で裕樹をつかまえて、「さっきおばあちゃんは君を京二と呼んだね」と確かめると、彼は「うん、しょっちゅうだよ」と答えた。

母は若いある時期までの私をどんなに愛していたことか。父に対する愛が裏切られただけに、私への愛はいっそう深かったのだ。ロレンスの『息子と恋人』を読んだとき、私は思い当ることが多くて苦しいほどだった。しかし母はあの小説の母親のように、私にマザー・コンプレックスを負わせはしなかった。私が好きな方角へ巣立って行くのを、きれいさっぱりと見送ってくれた。それは母が「インテリ」ではなく、庶民の分別を持っていたからだろう。にもかかわらず、母には「純真」だった若い私、自分の期待をふくらませてくれた私への思いが根強く残っていたのだ。私が親不孝者になってしまったから、母は裕樹に若かったころの私を転移したのである。この孫は母の誇りだった。かつての私がそうであったように。

母は一九八三年に八二歳で死んだ。肺ガンだったのでかなり苦しんだ。このときばかりは私もせっせと病院へ足を運んだ。母は「おまえは小さいころは、私の姿が見えないとすぐ、お母さんお母さんと探し廻っていた。私でないと納らなかった」と、死ぬ何日か前に言った。それに引き替えと言いたいのかとも思ったが、むしろそういう幼い私をいとおしむような口調だった。

医師が「これを打ちますと昏睡状態のうちに臨終を迎えることになりますが、よろしいですか」と念を押してモルヒネを打つと、母は深い眠りにはいった。ところが、しばらくすると、傍らについている私の耳にうわ言が聞えた。「愛しています」、母はそう言ったのである。可愛らしい声だった。私は愕然とした。いったい母は誰に向かって言ったのだろう。わが子に対する言いかたではない。まさか父のはずもない。母には心に秘めた好きな人がいたのだろうか。そんなこともあろうはずはない。まさに謎の言葉を残して母は逝った。

いまでは母はやはり、父に向かって夢うつつに呟いたのだと思う。それも結婚し立ての若き父に向かって。

母は私の長女の記憶に「偉大なるおばあちゃん」として残っている。長女は母の初孫であり、赤児のときから面倒をみただけに、母の大のお気に入りだった。「あんなに威厳があって、しかも愛情たっぷりのおばあちゃんはいない」と彼女は言う。彼女からすると母は万能の祖母だったのである。夫によっては最高によき妻にもなれた人だったと思う。

しかし、それには夫に相当な力量がなければならなかっただろう。あるいは正直純良な人でなければならなかったろう。母は夫を尊敬したい人であった。それなのに父は尊敬に値する振る舞いをしなかった。母の不幸はそこにあったが、父の才能や人の好さは母も心中では認めていたのではなかったか。とにかく夫婦にならぬほうがよかった男女がそうなったのである。悲喜劇《トラジコメディ》がそこに生じた。それでいながら母も父も、結局は自分の生きかたを貫徹してしまったのである。

この文を草し了えて、私はつくづくと母が恋しい。「私が死んでも泣かんようにせい」。この一言が耳に甦る。母にどんな欠点があろうと、あれほど私を愛してくれた人はほかに誰がいただろうか。このしょうもない私を。ありがたくもったいないことである。私にほんの少しでもいいところがあるとすれば、それは全部母のたまものである。それ以上言うことは何もない。また父に対して責める気もなく資格もないのはもちろんだが、そんなことより、自分に似ている点が少くないのにいまさらのように驚く。父はやはり私の父なのであった。

ひとと逢う

自分が八十五の年齢に達したというのは信じられぬことである。六十五というのならわかる。確かにそれくらいは生きて来た。だが二十年は余分だ。いつ、どうやって、二十年も余分に月日が過ぎてしまったのか。

そんな愚痴をこぼしても、どうなるものでもないが、この歳まで生きるというのは、実にいろいろな人びとと出会ったということだと、しんそこ感じられるようになった。生きるとは他者と出会うことであったのだ。彼らから育てられることだったのだ。

今になってわかるのだが、その大勢出会った人のなかで、しみじみとなつかしく、よき人だったと思い返されるのは、必ずしも最も親しくつき合った人、最も関わりの深かった人とは限らぬのである。自分に対して正しく振舞って下さった人が誰であったか、誰をもっと大切にせねばならなかったのか、今ごろようやくわかって来るというのも情けない。

小学校一年生まで、私は熊本市で過した。その頃は町内というものがあったから、近所の子たちと毎日遊んだはずだが、その中ではたった一人、同年の女の子しか憶えていない。私の家のある袋小路を出はずれた角の魚屋の娘だった。遊び仲間のうちには、渡辺空というずっと年上の少年が影のように伴なうこともあったような気がする。空はむなしと読むのである。親はどういう気持ちでこんな名をつけたのだろう。私と同姓だが、親戚筋だったわけではない。近所の住人の子だったと思うのだが、どういう素姓の人だったか、母が生きている間に聞いておけばよかった。というのは、この人には私がその後北京と大連で九年間を過して、熊本へまた引揚げて来たあと、ちょっとした関わりがあったからである。

もう青年になっていたこの人が、家を訪ねて来たことがあった。私じゃなく、母に会いに来たのだ。詩を書いているということで、みせてもらった。いい詩だった。この人は家が貧しく、小学校しか出ていないはずだった。縁はそれきりで続かなかったが、それから三十年ばかり経って、私が友人たちとやっていた学習塾に、何と空さんの娘が塾生としてはいって来た。高校生だったと思う。ふっくらしたやさしい気立ての子だった。私のクラスじゃなくて、友人のクラスの生徒だったが、その友人の話では、母親が飲み屋をやっていて手伝わねばならず、塾に来るのも大変とのことだった。私はバカだったのである。その子がいつまで塾に来たのかも憶えていない。空さんと久しぶりに会おうという気も起こさなかった。自分がやっている〝思想的事業〟と関わりのない人には思いが向かなかった。私がダメな人間だったことの何よりの証拠である。

私が住んでいたのは上林町というところで、いまのアークホテルの裏手に当たる。わが家の向いは門構えの大きな家で、私より六歳ほど上の少年がいて、私はしじゅうその家にあがりこみ、その少年がとっている『少年倶楽部』を、まだ学校にあがる前から読ませてもらっていた。字は早く憶えたのである。その少年には私よりひとつ下くらいの弟がいたが、ジフテリアであっという間になくなった。可愛いらしい子であった。両親の悲嘆ぶりから、人生には悲劇というものがあると初めて教えられた。

その家の主人は上級の警察官で、朝起きてガラガラとうがいする音が何だかおそろしい。夏は体を鍛えるために板の間に寝るという話だった。この人とも引揚げ後十七、八年ぶりに再会した。当時私たちは姉の勤め先の職員寮、といっても兵舎を改造したひどいバラックに住んでいたが、どこから私たちのことを聞かれたのか、突然訪ねて来られた。市の消防局の局長をしているという。子どものころは怖い人と思っていたのに、再会してみるとやさしい人だった。私の母に好意を持っておられるとすぐわかった。一度きりの訪問で、この家との交わりが復活したわけではないが、今となって考えれば、とてもいい隣人であられたのだ。それがずっとわかっていなかった。

子どものころ、最も関わりが深いのは学校での担任の先生であるはずだ。私にとってそれは大連市南山麓小学校（途中で南山国民学校と名が変った）で、四年生から六年生まで担当された坂口先生である。熊本や北京での先生との関係は浅かった。坂口先生は学級運営に創意工夫をこらすかたで、綴り方教育に熱心なのはもちろん、クラスをいろんな班に分けて自主的な学習活動をさせるなど、当時としても実験的な教育を試みる意欲満々の教師だった。家が貧しいので、上の学校へあがるのを諦めていたのに、担任の先生が君みたいな子が惜しいことだと言って、師範学校へ進むように勧めてくれたという話を、教室でなさったこともあった。

それにしても当時の師範出というのは大したもので、板書の字も美しければ、絵も上手。オルガンを弾くだけでなく、自分で作曲した歌を私たちに歌わせる。剣道は二段。万能人じゃないかと思った。先生の家にもよく遊びに行った。あるとき裏の畑の雑草取りをやらされたが、私の作業のあとを見て先生は悲鳴をあげた。「渡辺！　苺の葉までむしっちゃったね」。ちょうど長男さんが生れたばかりで、潮と名づけられたことを覚えている。

私を可愛がって下さったし、申し分のない先生だったが、つい五年程前、大連一中の同窓会に久しぶりに出席した折、南山麓小学校で同級だった男と隣席になり、思い出話のついでに坂口先生に触れたところ、「ああ、金持ちの家の子ばかりひい気する先生だったね」と言い捨てたのは意外だった。たしかに私のクラスは六、七人のブルジョワの息子たちに支配されていた。しかし、それは子ども内の力学で、べつに坂口先生がそんな構造を是認していたわけではなかったろうに。それとも、そう思う私が甘ちゃんなのか。

実は坂口先生からは、私が五十歳をすぎたころ葉書をいただいたのである。知らなかったことだが、先生は熊本へ引揚げて、ずっと教師を続けておられたのだ。私はそれに返事を書かなかった。というより書けなかった。これはいまでも私の犯した罪のひとつとして、悔いても仕方ない記憶となっている。坂口先生には感謝の念のほか、何のわだかまりもない。ただ、小学校の時の記憶がどっと打ち寄せて来て、それを払い捨てたかったのだ。四年生から六年生にいたる南山麓小学校での記憶には、むろん嫌なことばかりではないが、核心にはいまでも憎悪を搔き立てる苦さが含まれている。

私のクラスにはボスが二人いた。一人はNという勉強が出来る子で、もう一人はSという餓鬼大将。私が転入したときは級長と副級長をしていた。Nは国語・算数のみならず、書道、図画、唱歌、体育にいたるまで万能で、大連市の有力者の子弟。時代劇でいうなら、さながら家老の息子といった貫禄だった。文字通りクラスに君臨していて、おまけに腕力で筆頭のSがNに心服しているから、二人のクラス支配は万全だったのだ。彼らには四、五人の仲間がいた。

南山麓という街は大連随一の高級住宅地で、N以下六、七人はいずれも立派な洋館に住むブルジョワの息子。おそらく幼稚園以来の仲間だったのだろう。学区には満鉄の労働者住宅も含まれていて、クラスの三分の一ほどはそこの子弟だった。彼らはクラスの中でのプロレタリアートと言ってよかった。一方私は途中から割りこんだ都市遊民の息子で、転入以来、Nと交替で級長を勤めることになった。もちろん私はクラスの支配グループではない。彼らからは暗に陽にうとんじられた。しかしまた、クラスのプロレタリアートでもなかった。でもシンパシーは彼らの上にあった。

私は四年生に転入したてに大失敗をやらかしていた。松田君というちょっと乱暴な子がいて、先生からは叱られるは、クラスの者たちからは嫌われるは、私はたちまち同情を抱き、綴り方（今でいう作文）の時間に松田君は決して悪い子ではないという

大連 南山麓小学校（『写真集 さらば大連・旅順』より）。

趣旨の一文を綴った。その文を次の時間に坂口先生がみんなに披露されて、たいそうほめられた。これで私はクラスのエリートグループから完全に憎まれたのである。生意気な出しゃ張りだというわけだ。私には二級上の次姉がいて、これがNの姉と同級だった。そのNの姉が私の姉に「あんたの弟はものすごく生意気だそうね」と言った由で、私のせいで姉までいじめられた。

松田君は満鉄労働者の子弟グループの一員だった。小柄ながらがっしりしたからだで、暴君のSもさすがに彼に手出しするのははばかっていた。それに松田君はスケートの名手で、大連市小学校スケート大会の五〇〇メートル走で優勝したスターだった。ちなみに私のクラスはめちゃくちゃスポーツには強く、アイスホッケーの大会で優勝した。松田君はもちろん中心選手だった。陸上競技でも強くて、市の競技大会では四〇〇メートルリレーで優勝した。私は第二走者だった。小学生剣道大会では六年の時準優勝した。私は五人のチームの一人で、自分の番は全部勝った。この大会には思い出がある。決勝戦は二対二で大将戦となった。相手は旅順小学校である。こちらの大将のNは足を掛けて相手を倒し、上から面を入れようと竹刀を振りおろすものの決まらない。逆に下から小手を入れられた。これで旅順小に優勝をさらわれたのである。私はNの相手を賞讃したかった。審判も足を掛けて相手を倒すなど、反則ではないにせよ好感を持たなかったのではないか。

ところがこのNの相手とは、私は大連一中でクラスメートとなったのである。島田君といってさわやかな少年で、すぐ大の仲良しになった。旅順小学校のチームはそういう指導を受けていたのだろうが、竹刀を斜めにして小手をかばう構えをとっていた。島田君がふざけて、クルクルと巻いた紙を竹刀に見立て、その構えから私の小手に打ちこんで来る姿が、今でも眼に浮かぶ。大将戦のことに言い及ぶと、「Nの奴いい気になって」と島田君は笑った。彼は学年の途中転校していなくなったが、今でも心の友である。一中に入り立て、剣道部の五年生がクラスにやって来て、「小学校剣道大会に出た者がいたら手を挙げよ」と命じた。私も島田君も一応手は挙げたが、二人とも剣道部へは入らなかった。Nは入った。もっとも中学では幸いNと同級にはならなかった。大連一中は期末テストの学年で十位以内の名を張り出す。私はその中に入ったが、Nの名はなかった。

中学に入ると、優等生のNはかすむし、暴君のSは借りて来た猫のようにおとなしくなった。ブルジョワ小学校の喧嘩大将と言っても、中学に来れば彼など上廻る猛者がいくらでもいたのだ。私は初めて世間は広いと知った。

話はもどるが、私は北京の中南海でスケートをおぼえた。買ってもらったスケート靴はフィギュアだった。大連へ来たら同級生はみんなロングである。フィギュアは女子が履くものなのだ。たちまちバカにされると同時に、私のフィギュア靴は好奇の的となり、みんな貸せ貸せと言う。松田君には特に借り上げられた。彼はそれを履いて、鏡が池の氷面に美しい8の字を描いた。大連は冬には池が氷ってスケートリンクになるのだ。

松田君は私が作文で彼の弁護をしたのを決して忘れなかった。海岸へ遠足に行ったある日、昼食後の休みに私が本を読んでいると、「読んで聞かせろ」と言って、私の膝を枕に寝ころがった。私が朗読すると、ウットリと聞いていた。坂口先生がそれを見て、「松田はいいね」と言われた。松田君とは六年の組替えのとき、別クラスになった。彼は中学へは進まなかった。家計が許さなかったのだろう。

NとSのクラス支配には今思い出しても憎悪を覚える。彼らの権力意識にはぞっとするほど冷酷なところがあった。小林君という大連一中の英語教師の息子がいた。チャップリンという仇名の名物教師だった由だが、私が一中へ進学したときはもういらっしゃらなかった。小林君一家はクリスチャンだった。太平洋戦争開戦直後のある日、Sたちは板切れで十字架を作り、それを小林君に背負わせて追い廻した。子どもの悪戯というにはあまりに悪質である。こういうとき、Nは自分では手を下さず、笑って見ているのだった。私はなぜそれに抗議できなかったのだろう。もう級長は何期か勤めていて、ある程度の発言力はあったはずだ。義憤を感じつつ、黙って見ていた。あとで小林君をそっと慰めはしたが。要するに臆病だったのだ。小林君は小柄だが、利かん気なところがあった。それがＮやＳには生意気だということになったのだろう。同窓会で隣席にいた男というのは、実はこの小林君なのである。

　私が南山麓小学校の校舎に通ったのは、四年生の一年間だけだった。翌年（一九四一年）春、校舎の一部が軍に接収され（いわゆる関東軍特別演習）、五年生、六年生は一キロばかり離れた朝日小学校の一隅を借りることになった。従って五年生と六年生のときは、私は朝日小学校の校舎へ通ったのである。この小学校はかつて清岡卓行さんが卒業した学校だそうだ。十字架事件はこの校舎での出来事だった。

　六年生になったときクラス替えがあり、私たちの一組に二組から何人か編入された。その一人がＮと同姓で、勉強が出来る上にスポーツマンで、二組に君臨していた男だった。ところがこのＮ'は一組に入るや、見る眼にも哀れなほどＮとＳの機嫌を取った。しかし、彼らによる徹底的ないじめを逃れることはできなかったのだ。それにはきっかけとなる事件もあった。

　大連は野球の盛んな土地柄で、体操の時間には野球もやらされた。坂口先生自身腕に覚えがあったのか、クラスにはチームもあった。そのチームが他校チームと練習試合をやることになった。わが方の投手はＳ。長身から速球を投げるが、コントロールがない。たちまち四球連発で、何点か入れられた。たまりかねた坂口先生はＮ'に交替を命じた。落ちつき払ったフォームから球がコーナーにきまり、相手チームは打てない。Ｎ'は無失点で試合を了えた。Ｓの失点で敗け試合に終ったけれど、これがＮとＳの憎悪を買った。

二人はこのクラスでは誰が主人なのか、教えてやる気持ちだったのだと思う。いやがらせに耐えかねて、Ｎ'はやがて学校を休むようになり、それが遂に休学になった。文字通り追い出されたのだ。私自身、転校してすぐ級長をやらされたとき、Ｎ・Ｓグループのいやがらせに耐えねばならなかった。でも私にはクラスの支配を争うような権力意志がなかった。ＮやＳはすぐに、ふん、こいつは脅威にはならぬな、目障りではあるがと判断し、私の存在を許容することにしたのだと思う。だが、Ｎ'には二組を支配して来た実績があった。だから彼はＮ・Ｓグループから徹底して排除されたのだ。彼は一年下に落ちた。

私はこんな学級内の権力構造を、北京第一小学校の二年生、三年生のときには感じたことがなかった。クラス内にボスはいなかったし、級友とトラブルを起こしたこと

大連朝日小学校（『回想の旅順・大連』より）。

もなかった。のどかなものだったのである。南山麓というブルジョワ小学校に来て初めて、学校という集団生活はつらいものだと知った。しかし、この学校はやはり特殊だったと思う。その後中学に進んでからは別種の苦労はあったが、クラス政治みたいな経験は絶えてしたことがない。ブルジョワの子弟たちの権力意識はやはり並みの子とは違うのである。N'もN・S同様有力者の子弟だった。

坂口先生には本当に悪かったが、南山麓という小学校への屈折した思いから、遂に返事を出さずに了った。先生ももう他界なさったことだろう。許して下さるものと思う。

小学校時代、もちろん親しくした友はいた。六年生になって、結核療養で休んだため一学年上から私のクラスに下って来た森審一君という人がいて、急速に仲良くなった。この人は満鉄の労働者住宅の住人の子弟で、背が高く落ち着いていて、何だか兄さんのようにも思えた。一度家へ遊びに行ったら、お母さんが冷たいミルクをグラス一杯振舞われた。私はそれまでミルクは嫌いだったのに、そのおいしかったこと。森君は模型飛行機造りの名人で、彼が作った模型は、運動場の上空に輪を描いていつまでも飛ぶのだった。私も教わって、一時模型造りに熱中したが、私のはすぐに墜落した。

ところが卒業間際になって森君は急に私に反発し、Nと接近した。理由は何だったのか、今もってわからない。私に嫌なところがあったのに違いない。これはたいそう辛い経験だったが、私は案外打たれ強いというか、すぐにその悲しみを克服した。この一件は人心の謎ということに初めて私の眼を開かせてくれただろうし、何よりも自分には嫌なところがあるのだという、わが青春をずっと支配した思いこみの端緒ともなった。

森君とはいっしょに大連一中に進んだが、別クラスということもあって、在学中も友情は復活しなかった。彼はずっと私に白い眼を向けていたような気がする。ところが日本へ引揚げ、さらに結核療養所へ入った年、何と森君が見舞いに来てくれたのである。一体どういう心だったのか、今でも不思議だ。森君は当時どこに住んでいたろう。熊本ではなかったはずなのに、わざわざ訪ねてくれた。私は幼い日、彼から見放されたことを言い出さずにはおれなかった。森君はただ笑っただけだった。その後、森君とは一度だけ交渉があった。あれは私が五十代の半ばを過ぎた年の新春だったか。突然年賀状が来た。肩書きは千葉県副知事とあった。私は返事を出さなかった。所詮、別々な人生を歩んで来たのだったから。でも、その肩書きをよろこぶ気持はあった。彼は私と違って謹直な人だったのだろう。官僚としても優秀だったのだ。

小学生時代、私はおとなしい控え目な、目立たぬ少年が好きだったようである。五年生のとき安倍君という子が転入して来た。色白で眼がパッチリして、おとなしいいい子だった。家へ訪ねて来た彼と、よくサッカーボールを蹴って遊んだ。当時サッカーという言葉は知らず、フットボールと呼んでいた。朝礼より三、四十分早く学校に行くのは、級友たちとフットボールをやるのが楽しみだったからだ。もちろん二手にわかれるのだが、ドリブルして来るSの前に立ちはだかろうものなら、睾丸を蹴り上げられる。Sは無人の野を行きゴールする。でも楽しかった。安倍君はこういう時無能で、ボールにもさわれずにいるのだが、あるとき不意に飛び出して来てボールを蹴った。目の醒めるようなロングボールで、その意外さにみんな大笑いした。

安倍君は一年くらいしたら転校していなくなった。ところが、私が七十歳を越したころ、突然手紙をくれたのである。私が本を出すようになっていたので、住所を出版社に問い合せたのだ。大好きな少年だったので嬉しかった。お互いに来し方を知らせ合ったが、安倍君は技術者になっていて、新幹線の予約システムを作ったのは自分だと書いて来た。そして、私が結核で長い間サナトリウムにいたことを知って、「順調であれば貴君は、今ごろは前大蔵省次官という栄光の晩年を送られていたでしょうに」と書いて来た。友とはありがたいもので、こんな見当違いな買いかぶりをしてくれたのはこの人だけである。いい人だったが、もう価値観が違っていた。その後何通かやりとりしたが、今ではすでに鬼籍に入られたことと思う。

小学校のころ、もう一人好きなのは藤原君だった。六年生になってからよくつき合うようになった。森君から見放されたあとだったのか。背が高く色白で、いつもなにかはにかんでいるような感じの人で、私は大好きだった。えくぼの浮かぶはにかみ笑いを今でも憶えている。この人とは、日本橋にあった科学博物館へよく遊びに行った。進んだ中学が違うので、その後交わりは絶えた。この人との交わりはごく短かかったのに、今となってはその後大勢できた「親友」よりずっと思い出が深い。それは彼の控え目でやさしい人柄のせいだ。心がきれいだったのだ。そういう人柄を好みながら、なぜ自分ではそうはなれなかったのか。

中学時代には親友はいろいろと出来た。でもその中で今日まで続いている友人は一人もいない。大連一中はもうなくなった学校だから、同窓会の結束はかえって固い。ずっと毎年同窓会をやっていて、私は東京にいた頃一度はのぞいたが、あとは大佛次郎賞をもらいに上京した二〇一一年に顔出ししただけだった。情なしと言われるに違いないが、私には過去を切り捨てて前へ進みたい気がいつもあって、特に互いに衒気を免れぬ中学生時代のつきあいは忘れたかったのだ。過去はつねに羞しかった。

中学時代の友人については『日本詩歌思出草』の中にいくらか書いた。だが、誰が一番懐しいかと問われると、二年生のとき同クラスになった李君と答えたい。李君の下の名は忘れた。大連郊外の中国人地主の子弟で、色黒の無口な、そしてこれもなにかはにかんだような控え目な少年だった。安倍君や藤原君のように目立たぬ少年で、この三人はほかの友人たちとはっきりと違った一群として私の記憶にとどまっている。人を支配しようとせぬ人種に属する人たちだった。李君には妹がいると聞いた。彼の家を訪ねたことはないのに、妹さんにもひと目逢ったことがあるような気さえする。

もうひとつ、書いて置かねばならぬことがある。中学二年のときの同クラスに、牧野彰夫君という人がいた。色白で頬のふっくらした美少年で、みんなから「お嬢さん」と呼ばれていた。もの言いもまったく女の子なのだ。私はこの人にひそかに恋をしたのである。同性愛ではない。まったく女の子に対するようにひかれたので、つまり少女たちとつき合えぬ代償行為だったのだ。一度だけ家へ遊びに行って、小学生以来の切手の蒐集を全部進呈した。女性にプレゼントを捧げるのとまったく変らない。たったそれだけのことで、むろん恋心も一過性のものだった。この人は容貌にかかわらず、実は男らしい決然とした人で、そのことを私はずっとあとになってこの人の著書を読んで知った。大連時代の思い出を書いた本で、偶然古本屋で見つけた。彼は旧

大連第一中学校（『写真集 さらば大連・旅順』より）。
左側の写真が切れるあたりの一階に、一年生の時の教室があった。

制福岡高校に進んで、療養所にいた私に弱音を吐くなという忠告の便りをくれた。私が何かそれらしいことを書いてやったのか。むかしの「恋人」から叱られて、私は変な気分だった。

大連一中については、もうひとつ書くべきことがある。一年生は入学するとすぐ赤、白、紫（もうひとつは忘れた）と四つの団に分けて入れられる。これは運動会の対抗チームとなるので、私が入ったのは白団だった。すぐにプールの脇で応援歌練習となる。もう鬚の生えかけた五年生が取り巻いて、「声が小さい」と活を入れる。その中に原口統三という人がいて、五年切っての秀才とのことだった。目鏡を掛けた神経質そうな人で、下級生に活を入れるなど、まったく似つかわしくないようにみえた。それなのに、他の荒らくれ男にまじって、高い声を張り上げるのである。なんだか無理しているようで、私はいささか気の毒に思った。翌年原口さんの姿はなかった。一高へ進んだのである。

日本へ帰ってみると、原口さんの遺書『二十歳のエチュード』がベストセラーになっていた。この人は自殺していたのだ。信じられなかった。私はコチコチの優等生とばかり思っていたのである。さらに後年清岡卓行さんの『アカシヤの大連』を読み、さらに意外の感を深くした。清岡さんからは『日本読書新聞』にいたころ、一度だけ原稿をいただいたことがある。まだ『アカシヤの大連』を書かれる前だった。この人は一中の八年先輩なので、「僕は大連一中の後輩なんですけれど」と申し上げると、「そうですか」と言われただけだった。

療養所時代にも友人は沢山出来た。しかし、そのことはすでにいくつかの文章に書いている。私は入所したとき十八歳だったし、こんど五高生が入ってくるそうなと噂の対象になったらしい。旧傷痍軍人療養所だから、まわりは兵隊あがりだらけだった。将校だった人も少数いたが、彼らは兵隊あがりの大勢からはまったく別扱いされていた。兵隊ではない一般社会人も二、三割くらいはいたものの、やはり兵隊あがりの患者はすぐそれとわかった。不思議なのは彼らの中にも下士官、兵の区別はあったはずだが、私の目にはその区別はまったくわからず、兵隊あがりはみな平等のつきあいのように見えた。この平等感はよかった。

私はこの人たちから何か根本的なものを学んだ。後年吉本隆明さんの言うことがすぐ腑に落ちたのは、その下地があったからだと思う。夏の日がおそく暮れようとするころ、ベッドの上で、兵隊あがりがしみじみと兵隊唄を歌う。「消燈ラッパが鳴り渡る／五尺の寝台……」云々の唄だが、ふつうに歌うのではなく、しょうー、とうー、ラッパがー、鳴りー、わーたるうーと低声で引き伸すのである。切々たるものであった。

療養所時代に出会った人々については、主治医の深水真吾先生も含めて、十分にではないにしても一応書いている。その人びととのつきあいはその後、けっして十分とは言えなかった。前にも書いたように、私には過去を振り捨てる癖があるからである。そのことにも苦い反省はある。

特に同室だった荒牧卓雄さんとは、もっとおつきあいすべきだったという後悔が消えない。この人は兵隊あがりではなく、中学教師をしていて発病されたのだった。鬚の剃りあとが青々とした美丈夫で、寡黙で重厚な人柄だった。部屋で酒盛りをしたとき（患者は医師・看護婦の眼を盗んで、こんなこともやる）、私の頭をポンと打って、「このよかもんな」と言われた。どう応じればよいのか、戸惑うばかりだった。私より十《とお》ほど歳上だったろうか。『わだち』というサークル誌を出したとき、中心的な働き手になられた。これは自分たちで原紙を切り印刷したガリ版誌で、月刊で四年ほど続いた。療養所を出たあと、遊びに来られたこともある。故郷の阿蘇郡久木野村の村役場に勤めておられたが、早逝された。懐しい人、私よりずっとずっと上の人格だった。

野上という兵隊あがりの人も忘れられない。ユーモアのあるさっぱりした方で、筑後の田主丸の出身だった。しっかりした人で、たぶん下士官ではなかったか。この方も一度私の家を訪ねて来られた。私より十四、五は上の方だったと思う。当時の人は長幼の序にやかましかったと思うかも知れぬが、実はずっと歳下の私と対等につきあって下さる方が多かったのである。

療養所に入る前、日本に引揚げてからのころの知り合いについて、まだ書いていないことに気づいた。引揚げてから入ったのは旧制熊本中学校である。本当は五年生に入るべきところを四年生に入れられた。植民地での敗戦後、ろくな勉強も出来ていなかったろうというのだ。授業を受けてみると、大連一中の時の方がずっと先に進んでいた。日本内地の方が大変だったのである。大連は爆撃も受けていない。この中学では親友が一人出来た。級長をしていた川本雄三君である。

最初は真面目な糞面白くもない秀才だと思っていた。ところが同級の上野友夫君が熊中映研部というのを創って、私も川本君もその一員にされ、彼がかなりの文学少年であるのを初めて知ったのである。それもそのはず、彼には二人の兄さんがいて、二人とも五高生だった。私はその兄さんの蔵書、エリヤスベルクの『ロシア文学史』を川本君から貸与されて、初めてレスコフやチュッチェフ、ブロークやブリューソフのことを知った。大連時代からトルストイ以下ロシア文学には詳しいつもりだったが、そしてまたこの頃はベリンスキーやドブロリューボフに夢中だったが、ロシア文学における純粋芸術派についてては知らなかったのだ。

上野君について言うと、これは熊本専売局長の息子で、快活で才気ある組織者だった。熊中映研部は彼が創ったので部員は四年生が主力、五年生も少しはいたが、部内ではおずおずしていた。五年生の中にはのちに映画や漫画の評論で名をなした藤川治水君もいた。上野君はのちNHKに入ってそれなりの仕事をした。

五高には川本君と一緒に入った。でも私は第二外国語にロシア語を選んだので文科二組、川本君は一組だった。私が夏休みに喀血して臥床すると、川本君は頻繁に見舞ってくれた。エリヤスベルクもこのとき持って来てくれたのだと思う。一学期末の試験の結果を教えてくれたのも彼で、「赤点はなかったぞ。さすがだね」と言った。さすがというのは、私がすでに共産党に入って、赤旗かついで飛び廻っていて、授業にほとんど出なかったのを知っていたからだ。赤点とは六〇点以下で、それがひとつでもあれば進級できぬのである。

私たちのクラスは一年で五高が廃校になり、翌年発足した新制大学の受け直しとなったので、「一年追い出され組」と言われる。川本君は東大仏文へ進んだ。この年はたしか変則的に秋の入学だったと思う。私はその春すでに療養所に入っていた。川本君は入学前に見舞いに来てくれた。別れのつもりであったろう。

川本君と再会したのは一九五五年の春、新日本文学大会に出席するため、初めて上京した時のことだった。大会が終った時、食当りしたのか激しい下痢に襲われ、川本君の下宿に一夜泊めてもらった。彼は『日本経済新聞』の新米記者で、翌朝、「力道山の取材に行かねばならん」と言って早々と出かけた。彼は東大在学中、家から一銭の仕送りもなく、ずっとアルバイトで学費・生活費を稼いで、授業にはろくろく出ていなかったそうで、卒業試験の際渡辺一夫大先生から「君は僕のゼミの学生でしたかね」と言われたとぼやいていた。

それから互いに無沙汰のまま何年も経ち、一九六二年から私が東京で暮すようになってまた再会した。しかし、彼はもう熊本とはまったく縁が切れたようで、思い出すのも嫌といったふうだった。彼の父は退官した小官吏で、三人の息子を大学に進ませるのは大変だったらしい。逆に私は熊本に文学・思想上の仲間が出来て、根が生えていた。一九四七年熊中で知り合ったときは、彼は根っからの熊本人、私は植民地育ちの異邦人だったのに、関係が逆転してしまったのだ。川本君はずっと文化部畑で、特に演劇評で名をなしたらしい。もう私とは思想上のつながりもなくて、東京時代会ったのはたった二回だった。

ところが彼との縁は、まだ切れていなかったのだ。一九九九年、彼が熊本県立劇場の館長となって単身赴任したのである。それでも彼は名士で私は札つきの野人、迷惑になるといけないので、会ったのは二回だけだった。一度は館長室に訪ねた。もう一度は友人たちとやっている研究会で話をしてもらった。彼は『評伝劇が面白い』というタイトルで、とくに宮本研や木下順二の話をした（この話は記録されて『道標』第九号にのっている）。石牟礼道子さんの能『不知火』が県立劇場で上演されたときは、裏方に差し入れをしてくれた。二〇〇五年に館長を辞して帰京したが、別れの宴を張ることもなく、二〇〇八年に亡くなった。

五高には一学期しか通わなかったのだが、二人の先生が強烈な印象を与えた。ひとりは和田勇一先生。鶴のように痩せた長身、見るからに疳のきつそうな秀才風で、五十音順に生徒を指名して訳読を命じられる。テキストはディケンズの『デイヴィド・カパフィールド』だった。予習をサボッてやって来なかった者がいると、烈火のごとく怒って、「オレは君たちの中に一人の天才がいるかも知れぬと思って授業をやってるんだ。やる気のない奴は教室から出ろ」と言われた。その時は言葉だけだったが、のちの熊大時代には、本当に追い出されて恨んでいる男もいると聞いた。私はすでにレーニン主義者だったから、「天才」云々には反発した。しかし自分の順番が来ないうちに喀血、休学となった。

ずっとあとになり、四年半の療養所暮しを終えて、母と姉と暮すようになると、また和田先生の名を聞くようになった。姉が勤めていた熊大医学部付属看護学校へ、講師として来ておられたのだ。私は婚約者の親が大学だけは出てくれというので、そもそも大学などへ行く気もなかったのに、仕方なく熊大法文学部を一九五六年に受けた。同級生より七年遅れてのことだった。姉が合格者発表を見に行ってくれたが、私の名はなかった。

中学は四年修了、五高は中退で、受験資格がないと思ったので、大学受験資格試験まで受けて（八科目あった！）、通った上での受験だったのである。姉が和田先生にそのことを話すと、次の週やって来られた先生は、姉に「京二君は七番で通っていたぞ。レントゲンの胸部写真ではねられたのだ。なぜ自分に話しておかなかった。自分が知っていたら、入学させて休学療養ということにしてやったのに、もう手遅れだ」と言われたとのことだった。

和田先生に再びお目にかかったのは一九六五年、私が東京を引揚げて熊本へ帰り、月刊誌『熊本風土記』の準備をしていたころだった。場所は今はもうなきレストラン「山小屋」、谷川雁、高浜幸敏が同席していた。二人とも和田先生の五高での教え子である。高浜さんという方は、五高で二度落第して雁と同級になったという強者《つわもの》で、ももともとは雁さんの兄さんの谷川健一さんの友人であった。落第と言っても、嫌いな学科を忌避するからそうなったので、前記のように、旧制高校は一科目でも赤点があれば進級させないのである。この方は十歳年長なのに、私を同輩のように扱ってくれて、当時一緒に文学運動をやっていたのだが、大変気持よくつき合うことができた。県庁に勤めておられた。

和田先生は遅れて来られた。私の顔を憶えておられる筈もないので（何しろ一学期間の生徒で、当てられたこともなかった）、「初めまして」と挨拶したら、「初めましてということがあるか。君は廊下側の前から三番目に坐っていた」とおっしゃったのには、しんから驚いた。教師の眼とはそんなものなのだろうか。

『熊本風土記』刊行中は、座談会に出ていただいたり、原稿をいただいたりして、度々ご自宅を訪ねた。おおらかな奥様がいらっしゃって、ああこの方がおられるので先生はもっているのだな、などと思った。奥様が亡くなられて、先生は少し荒れ気味になった。「雁の奴が先生は明治の臣だなんて言いやがった。ああ、オレは明治の臣で結構だよ」。学園闘争が始まると、「今の学生には全然愛情を感じない。殺してやりたいぐらいだよ」と言われた。強硬派教授として、全共闘派の学生たちと対決しておられたのだ。そんなある日、所用があって大学を訪ね、廊下でばったり先生と出会った。定期試験の監督中で、退屈して廊下に出ておられたのだ。「何しに来た」と、まるでこっちが学問の花園を荒らしに来たみたいな口振りで、おかしかった。

しばらくご無沙汰して、正月に挨拶しに行ったら、玄関先で「何の用だ。ずっと来なかった癖に。オレのところなんぞ、来なくていいぞ。帰れ」と疳高い声を出された。ずいぶん酔っておられて、もともと酒癖はいい方ではなかった。五高での同期で、その後先生の愛弟子として熊大を出た中島最吉君がちょうど来ていて、とりなしてくれた。最吉君は奥様亡きあと、ずっと先生の面倒を見て来たらしく、彼の言うことには先生も逆らえぬのである。

やっと上らせてもらえたが、何かの拍子で私より数歳歳下で、当時全共闘派学生の肩を持っていた助教授の名が出ると、「何っ、××（その助教授の名である）、あんな野郎は武夫原で決闘して、日本刀で叩っ斬ってやる」とまた荒れ始めた。武夫原とは旧五高、今は熊大の運動場である。ははあ、先生、教授会で彼にやりこめられたなとおかしかった。と言って、先生は決して右翼ではなく、生粋の自由主義者なのである。

先生は教養も批評眼も一流で、『熊本風土記』に連載中の石牟礼道子さんの『海と空のあいだ』（『苦海浄土』の初稿）の大ファンだった。「文章は不器用な癖に、実にいいんだなあ」とおっしゃった。文章が不器用というのは、彼女の独特の「灰神楽文体」(上野英信の評)がそう見えたのだろう。先生は談論は鋭い才気に満ちていたが、文章は端正ではあるものの穏和で面白味がなかった。本質はまじめで謹直であられたのである。そうだ。私の文章について「クルーエル(残酷)だ」と言われたこともあった。私が貧乏しているのを知って、先生の引きで高校教師から熊大教師となった最吉君が「渡辺君にどこか大学の口がありませんかね」と相談したら、「いや、あいつは〝やはり野に置けれんげ草〟だよ」と言われた由。よく見て下さった。涙が出る。

先生は学問上はしっかりした業績を残された。スペンサーの『フェアリ・クイーン』を弟子たちと訳し、賞も受けられた。訳業においても厳しく、熊本女子大の某教授が訳したハックスリの『恋愛双曲線』を、誤訳だらけと笑っておられた。熊本商大の甲斐弦先生は東大英文で同期だった由で、「甲斐君は出来るよ」とほめられた。熊本商大の歳下の友人で熊日主筆を勤めた久野啓介さんがお気に入りで、「あいつは出来た」私と言われるのを耳にした。私のことは何の根拠もないのに、英語は出来ない奴ときめこんでおられたようだ。教室でおとなしく勉強する奴じゃないと、見抜いておられたのかも知れない。

雁さんも先生から見ると大変出来た自慢の生徒であったはずだ。だが、彼の突っぱりみたいな姿勢には批評的で、いつぞや私に「君も生活が大変だな」とねぎらって下さったのに、「なに娑婆の常ですから」みたいな返事をすると、「君はほんとに雁の影響を受けてるね。言うことがそっくりだよ」とおっしゃった。そして、雁さんが失意のとき、「君は日本にとって大切な人物だ。自分を大事にしろ」と言ったら、雁さんが泣いた話をして下さった。素直になれとおっしゃりたかったのである。

水俣病事件に関わるようになると、私はもう先生宅をたまにしか訪れぬようになってしまっていた。亡くなられたときは葬儀にも行かなかった。それでよかった、というより仕方なかったと思う。所詮私は先生の正統の弟子ではなかった。ただ、なぜか先生が私に何がしかの愛情を抱いて下さったことは知っていた。怒りも買ったけれども、また愛弟子などではまったくなかったけれども、私ごときに善意を向けて下さったのだ。私を先生なりに理解しても下さった。私がこのかたに尽くすべきことを尽くさなかっただけである。ほかの多くの人に対してそうであったように。しかし、今もこのかたのことを尊いものに思っている。そう思えることだけが慰めである。没後、先生は何度か夢に出て来られた。複雑で奇妙な夢であったが、私に怒ってはおられなかった。

五高でもう一人心に残ったのはロシア語の永島和夫先生である。だが、先生の話をする前に、私のロシア語歴について触れておきたい。大連はソ連軍に占領されたので、終戦後中学でロシア語を約一年ばかり習った。文法は大体やってしまった。次が五高になるが、第二外国語にロシア語を選択したのは、将来何かにならねばならぬとすれば、差し当たりロシア文学研究者にでもなっておくか、という気があったからである。五高では最初の夏休みに喀血し、あとは休学・廃校となったから、ロシア語を習ったのは一学期だけ。と言っても、当時の高校の第二外国語は速成で、文法はほぼ一学期で叩きこんだ。三度目は療養所で除村吉太郎の『ロシヤ語四週間』を独習した。少しは文章も読めるようになっていた。そのまま続けてマスターしていたらと、今となっては痛恨事だ。

さて永島さんだが、とにかく変っておられた。黒板の字を消したあと、黒板消しを脇にはさむものだから、服の脇がいつも白くチョークでまみれていた。熊大になっても教鞭をとられていたが、競輪に凝って借金が出来、そのうち借金取りが教授室に現われるようになったと和田先生から聞いた。「優秀な人だったから、何とか助けたかったが、本人が大学に来なくなったので、どうしようもなかった」。

印象に残っているのは授業中、「君たち、ナロードニキを知っているか。知っていたら手を挙げよ」と言われたことだ。挙手したのは私一人。私はすでにベリンスキーもドブロリューボフもチェルヌィシェフスキーも読んでいた。「では、ナロードニキとは何かね」。「ヴ・ナロード、つまり人民への債務を返済するために、農村の中へ入って行った初期社会主義者です」。先生、フンという顔をなさって、「ナロードニキとは、ロシアは資本主義段階を跳び越して、農村共同体を基礎に社会主義社会に到達できると主張した一派だよ」。そう答えたらよかったのか。それは知らぬことではなかった。

永島先生とはその後接したことはない。先生については、私より二級上の丹辺文彦氏が回想記を書いておられる（『道標』第三十三号）。丹辺氏に寄稿を依頼したのは私で、いささか学恩に報いられたのではなかろうか。私は先に永島さんと書いた。旧制高校では先生をみな「さん」づけで呼ぶのが習わしだった。面と向ってはもちろん「先生」である。しかし、仲間うちでは和田先生とか永島先生とは言わず、和田さん、永島さんだった。これは高校にはいって、急に自分がおとなになったように思える経験だった。

一学期しかいなかったから、五高では友人はほとんど出来なかった。同期には五人だったか、女子がいた。五高が初めて女子学生を受け入れたのだ。その中の一人が安永道子さんのちの永島道子さんで、有名な歌人安永蕗子さんの妹、姉さん同様の美人だった。だがこの女子学生の廻りは上級生が取り巻いていて、私など一年生が近寄れたものではなかった。

上級生では大江志乃夫、新里恵二、それにあと一人高田と姓しか憶えていない人の三人組を知っていた。三人組というのは、このチームで朝日新聞が主催した全国高校生弁論大会で優勝したからだ。私は入学時すでに共産党員だったから、授業料値上げに対して全国ストライキの是非が論じられていた折柄、学内にビラを撒こうと考えていた。ところがそれを知った三人組から呼び出されて、主導権はわれわれ社研で取るから、党は引込んでいてくれと頼まれた。党が前面に出ると反発を買うというのだ。私は実は党の熊本市委員会の事務所で、全学連の委員長武井昭夫《てるお》と中央委員の沖浦和光に会っていて、闘争方針を授けられていた。二人とも東大生でむろん党員、熊本までオルグにやって来たのだ。武井・沖浦はのちに有名人になる。私は三人組の頼みを渋々受けいれた。

私は五高に入るとすぐ細胞を作った。熊本の党は終戦後三年近くになろうとしているのに、いまだ五高に何の手がかりも作っていなかったのだ。昭和前期、学生の赤化が問題になったことを考えれば、信じられぬことである。細胞とは共産党用語で斑のことだ。細胞は三人いないと成立しない。同学年に中尾さん、二年生に直野敦さんがいた。二人とも私が入党させたわけではない。直野さんは向うから私に入党を申しこんで来たのだし、中尾さんは別のルートで入党したらしい。中尾さんは私より二つほど歳上で、病気で入学が遅れたらしかった。病気といえば当時は結核にきまっている。二本木の遊郭の息子だった。もう一人の直野さんは外国語の天才という評判だった。当時ロシア語をもうマスターしていた。でも三人組とは違って、上級生風を吹かせぬ素朴でつつましい人柄だった。直野さんはのちに、果せるかな優秀な東欧文学研究者になった。たった一学期だから、この二人と細胞会議をもったのも二、三回だった気がする。私は学内よりむしろ学外で飛び廻っていた。だから直野さんに会ったのも二、三回きりなのだ。

私が休学して秋になると、大江、新里、高田の三人を初め、二十数名の五高生がゾロゾロ入党した。私は狐につままれた気分だった。党が表に出ては困るとついこのあいだ言ったのはどこのどなただったか。私がのちに親しくなる吉田公彦（谷川兄弟の末弟）、定村忠士の二人は、同学年でも理科だったから、当時面識はなかったが、二人が入党したのも多分このときであったろう。大江氏はのちに高名な日本近代史の研究者となり、新里氏も岩波新書『沖縄』の著者になった。高田氏は結核で早逝したが、さもなくばこの人も名のある人物になっていただろう。

中尾さんについて書いておくと、この人は療養所にいる私に手紙を下さるようになったが、もう党員だったことも忘れた風で、三島由紀夫の讃美者になっていた。療養所を出たあとも、少しつき合った。彼は熊大へ進んで和田先生宅に入り浸っていて、先生に心服している様子だった。大変な文学知識の持ち主で、芸術至上主義者。小説を書くつもりらしく、私はきっとこの人は小説家として世に出ると信じた。人柄は紳士で、歳下の私にも丁重だったし、私よりずっとおとなだった。しかし、彼との交わりは早々と絶えた。たしか東京へ去ったのではなかったか。先に記したように、私が和田先生の家へ出入りし始めたのは一九六〇年代後半のことだが、ある日中尾さんの名を出すと先生は即座に言われた。「あいつはもうダメだよ。商売やっててね。こないだ久しぶりに遊びに来たが、ブクブクふとっちゃって。勉強してないんだよ」。勉強してないというのは先生の最大の罵倒語だった。あれほど文学の才能のあるように見えた人がと、私は信じられぬ思いだった。

話が前後して申し訳ないが、私は五高入学前の一九四七年秋には青年共産主義同盟（のちの民青）に入った。校則に外部団体に加入したら申告せよとあったので、校長室へ届けに行った。大西校長は「君が！　惜しいね」と言われた。これで出世コースは断たれたねとおっしゃりたかったのだろう。姉は引き揚げたその春、すぐ入党したが、私は文学にひかれてグズグズしていた。私の文学の好みを党が是認するはずはないと思っていたのだ。結局、あくる年の三月、五高入学の直前入党した。

私の入党には前史があった。また大連時代の話に逆戻りするけれど、敗戦翌年の夏、市政府の指令で大連一中は二中と合併されることになった。ふたつの中学は伝統が違う。しかし五年生は動こうともしない。私は反対の檄文を書いて校内に張り出した。四年生有志と署名したが、仲間は一年生以来の親友山口誠一君と幾田篤君しかいなかった。大反響で、生徒大会が何度も開かれる騒ぎになった。結局は占領下の市政府の指令には抗らえず、二学期からは二中の生徒が一中の校舎にやって来るようになったのだが。

敗戦後旅順高校の先生が一中で教えられるようになって、その中に暉峻《てるおか》という方がいた。哲学を教えていた小柄で物静かなかただったが、生徒大会で「私は君たちがこんな反対をするのが残念だ。君たちは自分では知らずに歴史の流れに逆らっているのだ。君たちがそうするのを、自分は見るに忍びない」とおっしゃった。この人はきっとマルクシズムシンパで、戦時中はずっと仮面をかぶっていたのに違いない。私は反動主義者にされてしまった。実は「おとなたちで勝手にきめやがって」と腹が立ったにすぎないのに。首謀者とみなされて、担任の先生に呼び出されて説得された。「案外、物分りがよかったよ」と同僚に洩らされた由である。

二学期に入ると、暉峻先生を顧問に社研を作ろうという話が持ち上った。言い出しっぺは黒阪靖久君、伊黒昭文君で、山口、幾田、私の三人組も仲間だった。黒阪、伊黒の両君は二年生になって親しくなった。クラスは違ったが同級の左座薫君が両君と小学校同窓で、彼の紹介で知り合ったのだ。伊黒君は結核で休学し、一年上から降りて来て同学年になった人で、長者の風があった。二年のときはこの人が学年で一番、私が二番だった。黒阪君はブルジョワの息子で、家に遊びに行ったら、最初は藤島武二の画集、次にはティシアンの画集を見せ、「どう、較べものにならないだろう」と教えてくれた。電蓄もあって、チャイコフスキーの『悲愴』を聴かせてくれ、伊黒君と「やっぱりいいな」と言い合っている。私が当時持っていたレコードはシュトラウスのワルツ集と、『椿姫』のアリア集くらいだったから、シンフォニーのよさはまだわかっていなかった。それ以前、黒阪君から「渡辺はどんな曲が好き」と聞かれ、『ダニューブの漣』と答えて、徹底的にバカにされた。まだクラシックはほとんど知らなかったのだ。その時、伊黒君が『ダニューブの漣』だって悪くないよとかばってくれた。彼はいつもそんな兄貴役だった。ベートーヴェンやメンデルスゾーンを聴くようになったのは、やっと三年になってからで、自分のレコードを持参して聴き合うレコード・コンサートを彼らとよく開いた。このように両君は音楽と絵画の世界へ私の目を開かせてくれたが、こと日本・西洋の文学に関しては、私の方が通だった。

ところで社研だが、あとで話す事情から、私は二、三度しか集まりに出ていない。顧問の暉峻先生がベーコンの『ノーヴァム・オルガノン』を原書で読めとおっしゃっていると、黒阪君から聞いただけだ。でもこの一九四六年の秋は私にとって輝きのひとこまである。大連一中の近くにはソ連公営の「ナウカ」という書店があって、そこで幾田君とスターリンの『ソ連共産党史小教程』の英訳本を買ったことを思い出す。ここの売場主任のロシア女は堂々たる大女で、うっすら口鬚さえ生えていた。私がエンゲルスの『空想から科学へ』を読んだのもその頃だった。文字通り、これで世界が分ったぞといった体験だった。

旅順高校からいらっしゃった先生には、もうひとり渡辺先生というかたがあった。英語の先生で、快活なおかただったから、私たちはよく先生を取り巻いた。当時大連芸術座という劇団があって、村山知義の『暴力団記』を上演した。先生も一緒に観に行かれた。終って感激しているわれわれに、「あれはプロレタリア演劇というものでね。芸術の世界はもっと広いんだよ」と言われた。この一座は新協劇団など戦前の左翼演劇関係者がやっていたのだろうと思う。当時満州には、左翼くずれが大勢逃避して来ていた。芸術座がチェホフの『かもめ』のモスクワ芸術座にちなんでいることはすぐわかった。私は『桜の園』も『三人姉妹』ももう読んでいた。

渡辺先生は私をひい気して下さったらしい。日本へ帰って熊中に入ったあとのことだが、担任のこれも英語の先生の太田先生が、私と川本君が五高に受かって開いて下さった送別会で、「渡辺が持って帰った大連一中の成績簿では、英語は一〇〇点になっていたぞ」と教えて下さった。渡辺先生は引揚げに当って、大盤振舞いをなさったのだ。太田先生はまた「君は齋藤秀三郎のあの厚い辞典をズックに入れて来よったもんな。大した奴が来たと思ったよ」とも言われた。私は当時みんなが使っていたコンサイスを持たないだけだった。渡辺先生が「コンサイスなど使っていちゃダメだ。齋藤の英和中辞典を使え」とおっしゃったのを、拳々服膺していたのである。

この太田先生については、実に申し訳ない記憶がある。それなのに五高入学後、熊中（もうこの時は熊高になっていただろうか）の生徒が思想弾圧されたので抗議に行けと指令されて、党の抗議団にのこのこついて行った。出て来られたのは太田先生で、先生はこんなことに不慣れであられたのだろう、大変あわてておられた。まさかこんな形で先生と再会しようとは。それなのに、私は自分を恥じなかったのだ。実に恥ずべきことをしたと考えるようになったのは、七年も八年もあとになってからだった。そのころはもう、自分には軽はずみなところがあると気づいていた。太田先生はその後福岡へ転勤され、まもなく亡くなられたと聞いた。四十代になられたばかりではなかったろうか。私は軽はずみだったばかりではない。革命の大義のためには、情誼など無視すべきだと信じていた。この点でも私は若き日の自分を許しがたい。

暉峻先生といい渡辺先生といい、旧制高校からやって来られた先生は、それまで私が接して来た中学教師とは明らかに違っていた。生徒に対する態度がいささかも抑圧的でなく、しかも人品が高雅なのだ。一中の先生たちには、私が心服できる人は残念ながらいなかった。一中は戦時中のこととて、陸軍幼年学校の真似をして、クラスを区隊、級長を区隊幹部と呼んでいた。幼年学校とは中学二年から受けられる陸軍士官学校の予備校である。何事かあると「区隊幹部、前へ出ろ」と、クラスを代表して教師から撲られる。それで私も多少、根性がついた。

そういう軍隊式教育の先頭を切っている教師ほど、敗戦後民主主義者に転身するのが早かった。三年生になると満鉄鉄道工場に動員されたが、私が昼休みにゲーテの『ファウスト』を読んでいるのを発見した担任は、「君は海兵を受けるんだろう。こんな本を読むヒマがあれば勉強しろ」と叱った。海兵とは海軍兵学校のこと。当時は陸士か海兵を志望校とせねばならず、陸軍は大嫌いな行軍があるから、海兵と申告しておいたのだ。この先生は東大の史学科を出られたかただったが、歴史の授業はいま思うと平泉澄張り。敗戦後はいち早く教員組合の活動家になられた。

話を元に戻すと、私が社研と関わることが少なかったのは、十月になると学校を辞めて「大連日本人引揚対策協議会」で働き始めたからだ。そこで働こうという話は山口誠一君から出た。山口君のお父さんが車の運転手で、たぶん「日本人労働組合」本部に勤めていて、「引揚対策協議会」が人を募集しているという話を誠一君に伝えたのだろうと思う。「日本人労働組合」とは監獄から解放された治安維持法違反の元コミュニスト、さらには延安帰りのコミュニストらが集まって、ソ連軍のあと押しで作られた組織である。「引揚対策協議会」は日本人の本国送還のための機関だが、そのメンバーは「日本人労働組合」のコミュニストたちで占められていた。

山口君の誘いで、そこで働らくことになったのは幾田篤君と私。つまり山口君自身を入れて三人だった。この時、伊黒、黒阪両君がいっしょでなかった理由はもう忘れた。山口君が誘わなかったのか。実はこの五人は春から『詩と真実』というタイトルの回覧雑誌を出していて、もう四号になっていたのである。タイトルは黒阪君がつけた。もちろんゲーテから取ったのだが、黒阪君は「いいだろう」と自慢だった。彼は目のクリクリした、いつもいたずらっぽい才人だった。だからこの五人は親しい仲間だったはずなのに、どうして三人だけの「就職」になったのだろう。これが二人との別れとなった。

ここで山口君の説明をちょっとすると、彼は小学校は別だが、一中入学時に同級となり、家が近いせいもあって、最も気の置けぬ友となった。芝居がかった言動がユーモラスで、無邪気で気のよい子だった。男女のセックスについて、まるで大道の香具師のような口調で、「そうすると快美神経なるものが働きまして」などと、手振り交りで講釈するものだから、みんな感心して拝聴した。当時は中学一年にもなって、男女がそういう行為をするなんて初耳という子も珍しくはなかったのだ。その彼が四年生になると突然哲学に凝り始めた。それも西田哲学一本槍である。本当に読んだのかどうか知らぬが、確かに西田のあの分厚い著書を何冊も集めてはいた。幾田君は帽子を斜めにかぶるような粋な美少年で、何よりも気っ腑がよかった。

三人は西広場に面して建っていた教会堂に設けられた「中山《ちゆうざん》地区協議会」の少年職員になったのだが、どういう訳か五年生の二人、山本直大《なおひろ》さんと植田泰慈さんも、同時期に組織部所属の職員になった。この二人は五年生切っての秀才だった。三人組のつもりが五人組となったのである。二人はわれわれ三人にとって先輩である。旧制中学では一年差でも上下の区別は厳しい。われわれは山本さん、植田さんと呼ぶが、二人は私たちのことを呼び捨てである。それでも気が合って、五人はとても仲のよい友人同士になれた。

一九四六年秋に始まったこの「中山地区協議会」での短い期間ほど、楽しく刺激的だった日々を、その後私は知らない。山本・植田両先輩は心のきれいなやさしい人柄だった。先輩風など吹かせず、何だか実の兄のような気がした。中山地区というのは、西広場が中山広場と改名されたので、その一帯の呼称となったのである。中山はむろん孫文の号である。私たちの仕事は引揚者の名簿作成など事務全般、ガリ版切りもそのひとつだった。私のガリ版の切り初めで、以後三十年間それと縁が切れぬことになる。切らされたのは、例のスターリンの党史だった。上司は組織部長の中村一郎さん。

中村さんは当時三十代の後半で、ぬれぬれとした赤い唇をした長身のいい男だった。新京の監獄にいたのが、終戦で解放されたのである。たしか早大出身。投獄されたのは合作社運動のためというが、おそらく学生時代も投獄され、擬装転向して満州へ流れて来たのであろう。いい人だったが、疳癪持ちで、私の切った原紙が印刷中すぐ破れてしまったら、「心こめてやらぬからだ」と破裂した。奥さんの貞子さんが「オサムはカッとなっても、あとはすぐケロッとしてるから許してね」と慰めて下さった。貞子さんがオサムと呼ぶものだから、中村一郎は工作名とすぐ悟った。本名は田中治

西広場のキリスト教会(『回想の旅順・大連』より)。
ここが中山地区引揚対策協議会の事務所となった。

というのだった。協議会の幹部はみな工作名を使っていた。戦前の非合法活動の名残りだろう。

貞子さんは蒼褪めた顔色で美人ではないが、雰囲気のある人だった。きっと学生時代からカップルで、中村さんと苦楽をともにして来たのだと思う。「オサムは喰いしんぼうでね。拷問されても決して転向しないけれど、饅頭一皿出されたらすぐ転向するわよ」と私たちを笑わせた。仲のいい夫婦で、これはのちに引揚げ船の中でのことだが、中村さんが貞子さんに「ねえ、ぼくがむかし君に詩を送ったでしょう」と前置きして、上田敏『海潮音』の有名な四行詩「ながれのきしのひともとは／みそらのいろのみずあさぎ／なみことごとくくちづけし／はたことごとくわすれゆく」を暗唱した。まわりは爆笑した。お二人には子はなかった。私は中村さんと貞子さんのような、「同志的」カップルは始めて見た。たがいにオサムさん貞子さんと呼び合うなんて、実に新鮮な驚きだった。私の親などには考えられぬことだ。

私たちはこの組織部勤務で、べつに共産主義教育を受けたわけではない。だがまわりはみなコミュニストだった。青年部長は大連の労働者あがりの青年で、婦人部長は延安帰りのもと看護婦である。延安と言っても、今の人にはわかるまい。「長征」後中国共産党が陝西省に構えた根拠地で、日中戦争中、野坂参三がここから日本兵に反戦、逃亡を呼びかけた。この従軍看護婦上りの女性は、逃亡したのか捕虜になったのか知らぬが、延安でコミュニストとなってソ連治下の大連へやって来ていたのだ。まだ二十代だった。延安帰りは「引揚対策協議会」全体のうち、かなりの人数いたはずだ。

　そんなふうにコミュニストたちに囲まれていたので、私たちは次第に感化された。戦時中、代用教員をしていた姉は、おなじころ「協議会」の本部の方で働いていて、とっくにコミュニズムシンパになっていた。ただ姉は私のようにエンゲルスなど読んでいたとは思えない。日本兵が働いた暴行の証拠写真を見せられたりして、贖罪・反戦の気分から左傾したのだと思う。

　私は特に中村さんから、いろいろ「啓蒙」された。彼は私を「観念論」的文学少年とみなしていて、何かにつけて「観念論」から私を解放しようとした。私がショーペンハウエルの『意志と表象としての世界』を読んでいると、嘆かわしいという表情をするし、三木清の『歴史哲学』を読んでいると、「まあ、これはいいでしょう」と認めてくれる。そして「君はショーペンハウエルに三木だもんな。混乱してるよ」とのたまうのだった。「君は帰国したらどこへ進学するつもりなの。何、高校？　よしたまえ。絶対、東京外語へ行きなさい。そしてロシア語をやりなさい」。

私が熊中転入後、進学希望校に東京外語と書いたのは、まぎれもなく中村さんの影響だった。しかし東京外語は五年修了でないと受験資格がなく、それを知ったとき、四年に編入されたことを恨んだ。四年編入を告げるとき、その熊中教師は「四年修了で五高を受けられるから」と、私をなだめたので、「外語」も当然受けられると思っていたのだ。五高で第二外国語にロシア語を選んだのも、ひとつは中村さんの言葉が胸に残っていたからだ。

ちなみに東京外語は高等学校ではなく、高等専門学校である。高等専門学校には工専、経専、医専、語専等あって、四年課程。それを了えたら社会人となる。五高のような高校は三年課程で、了えたらこれも三年課程の大学に進む。つまり大学の予備校なのであって、高校を了えて大学へ行かぬということは普通ありえない。それが当時の高等教育の制度だった。

中村さんは特に私に目をかけていたようで、ある日『整風文献』と表題のついた粗末な小型本を私にくれた。中を繰ってみたら、毛沢東『自由主義に反対する』という論文がのっている。何で自由主義がいけないのか、私は?(ハテナ)であった。ミルの『自伝』の影響で、自由ほど尊いものはないと思っていたのである。これが毛沢東の名の知り始めだった。「整風」の意味もあとで知った。整風とは毛沢東が、党内で主導権を確立するために始めた思想闘争のことだ。五高入学後、川本君から「毛沢東をケザワ・ヒガシと読んだ奴がいるそうだ」と聞いたけれど、そのころでも日本では毛沢東の名を知る人は少なかったのだ。

中山地区協時代には、ひとつ重要な思い出がある。引揚げには地区ごとに順番があって、それを待たねばならない。当然、もっと早く帰国したいと思う者がいる。また正規の手続きでの引揚げとなると、蒲団包みひとつに、あとは手提げのトランクと、荷物が制限される。船への積み込みも自力でやるのだから、大荷物が持ち帰られるわけがない。これも当然、いろいろと家財道具を持ち帰りたいのが出て来る。そういう連中は密航船を傭うのである。むろん金持ちじゃないと出来ることではない。密航船といっても、金をつかませて中国人の漁船などを傭う。

もう冬にはいるころだったか、そういう密航を企てて捕まったブルジョワ一家があった。尨大な荷物を積みこんでいて、ハムとか鮭の燻製とかチョコレートとか、ふつうはもうお目にかかれない食品も大量に押収された。そのころには、日本人は粟や高粱を食って飢えをしのいでいたのだ。敗戦後一年以上たつのに、こんな食品がどこに隠匿されていたのか、不思議でならなかった。押収した贅沢な食品で、中山協議会の職員は役得とばかりときならぬ宴会を開いた。私たち五人は白眼視して加わらなかった。押収した食品は当然、学校の体育館などに収容されていた日本人難民に廻すべきだと思ったのである。「君たちも喰えよ」。しかし、応じなかった。大人の職員たちはさすがに気がひけたのか、宴会は早や早やと打ち切りになった。ひと言弁護しておくと、彼らコミュニスト職員は日頃は実に貧しい耐乏生活をしていたのだ。

一家の糾弾大会が開かれた。中共直伝の吊し上げ大会で、人民の怨みを晴らし、階級意識を高めるという奴である。ところが驚いたことに、大会前にシナリオが作られ、ここで誰それが罵るとか、役割が振られる。私たちも役を振られた。嫌悪感が胸を衝いた。私がコミュニズムに魅かれつつ、大連時代にはコミュニストになりきれなかったのは、こういう嫌な経験があったせいもある。彼らは「人民の声」を捏造しようというのだ。一家を代表して壇上に立たされたのは、二十代後半の女性だった。おそらく、その家の長女だったろう。背が高く、蒼褪めた顔色で、直立した姿勢で誇りやかに、罵声を浴びせられながら表情ひとつ変えず、頬に笑みさえ浮かべているように見えた。ドストエフスキーの小説に出て来る誇り高い令嬢を連想させて、大会がすんだあと、私が山本直大さんと「あの女いいな。何かニヒルでセクシーだ」などと言い合っているのを耳にした貞子さんが、「まあ呆れた。あなたたち悪い子ね」とおっしゃった。

「協議会」は資産家の日本人から、市政府に献金させる運動をしていた。過去の搾取の償いをさせるというのだ。私も一地区を担当させられ、幾久屋デパートの一隅を事務所にして、出頭する親父連を応接した。相手はこんな子どもに頭を下げて言い訳するのが、バカバカしい限りだったろう。だが私では手ぬるくて成績が上らないとすぐわかり、長船という三十男がやって来て、私は助手に廻されてほっとした。この男も延安帰りのようだった。彼は出頭する親父連を遠慮会釈なく締め上げた。

長船氏が私を連れて、南山麓の豪邸に立ち入り検査をしたことがあった。彼は靴を履いたままドカドカと廊下にあがった。そうするのに慣れ切った感じで、私はショックを受けた。私が靴を脱がずにはおれぬのを、長船氏は軽蔑の目つきで睨んだ。家にいた上品な老婦人に、彼は差し出すべき物品を次々に指定した。ずっと後年『ドクトル・ジヴァゴ』を読んだとき、このシーンをありありと思い出さずにはおれなかった。私はこの手の作為された「革命的」粗暴さに深い嫌悪感を持った。帰国後入党をためらっていたのには、こんな嫌悪感のせいもあったろう。

押収食品を頂戴するのを拒んで、いっぱし良心家ぶった私たちであったが、遂にその誘惑に抵抗できぬ日がやって来た。食品が収納されているのは、教会堂の一番高い一室である。宿直している五人のうち、「今夜はクリスマスだぞ」と言い出したのは誰であったか。「あれを戴くか」「いいのかな」「構わん、構わん」。何しろ私たちは常に飢えていた。みんなでてっぺんの一室に忍びこんだ。「もう、これくらいにしよう。あんまり取るとバレるぞ」。鮭の燻製やチョコレートなど適当にせしめた。生涯で最高のクリスマス・パーティになった。世の中にはこんなうまいものがあったのだとい
う感動。子どものころから、そんなものは始終たべてはいたけれど、口にしたのは何年ぶりだろう。鮭の燻製といっても、今どきのスモーク・サーモンとはまったく違う。高橋由一が描いているようなカラカラに干上った鮭で、あの独特なうまさをもう二度と味わえぬと思うと残念でならない。

真冬の大連は零下十八度まで下る。ストーヴはあっても焚く石炭がない。宿直の夜は、オーヴァーを着たままベンチに横になって毛布を被っても、慄えがとまらない。方々から押収した書物が廊下に積み上げてあったので、そいつを毛布の上に乗せる。重さが寒さをまぎらわすことを初めて知った。そのうち、誰かが思いついた。この本をストーヴで焚きゃあいいじゃないか。早速やってみると、みるみる部屋は暖まった。だが本は石炭と違って、すぐに燃え尽きる。暖まったと思って寝に就くと、部屋はたちまち凍りつくような寒さに戻るのだった。

ある当直の夜、そういう本の中に私は堀辰雄の『風立ちぬ』を発見した。堀の名は

知っていた。『聖家族』は読んでいたからである。だが、これは未読だ。その夜のうちに読んでからだが慄えた。自分が探し求めていた文学はこれだったのだ。この作品は私のために書かれたのだ。

私と姉が引き揚げたのは一九四七年四月、最後の引揚げ船高砂丸によってである。両親は先に帰国していた。というのは、姉と私が「引揚対策協議会」で最後まで働くことを条件に、両親を早く帰国させることができたのである。二人は敗戦後二度の冬のきびしさにかなり弱っていた。

最後の引揚げ船には、「引揚対策協議会」のメンバーで構成された一団と、ふつうの人々よりなる一団とが乗船した。私は中学二年の秋に文学に開眼したのだが、わが家には文学書はなかった。同級に沢田君という医者の息子がいて、この人の家の応接室には新潮社の『世界文学全集』がズラリと並んでいた。それをせっせと借り出したのである。その沢田君が同じ船に乗りこんでいた。でも、「協議会」のコミュニストの一団の中に混っている私には声も掛けず、何か怪物を見るような目つきだった。協議会の人々は大連市民から憎まれていた。ソ連人や中国人の威を借りて同朋を迫害すると思われていたのだ。そういう「市民」の告げ口があったのだろう。「協議会」の幹部が何人か呼び出され、船員たちから「同じ日本人をいじめやがって」と袋叩きにあった。これは私にとって、実にショッキングな経験だった。だって、船員とは労働者階級ではないか。「協議会」が出していたガリ版のニュースには、〝反動吉田内閣に反対して船員組合がスト〟とあったではないか。彼らが労働者階級の前衛を撲るのか。

山口君は引揚げずに大連に残った。お父さんが市政府から運転手として徴発されたからである。彼のお母さんは山口君の弟を連れて、さっさと帰国した。この人は東京の育ちで、鉄火女風の下町言葉を使い、おとなしいばかりの夫を尻に敷いているように見えた。山口君は一九五〇年代の終りに帰国してから手紙をくれたが、彼と私はもううすれ違いになっていた。私はハンガリー動乱の直後離党していて、山口君はそういう私を非難したいらしかった。先述した二〇一一年の大連一中同窓会で、少年の日別れた彼とやっと再会した。幼な顔の残る彼に「今何をしてますか」と問うた。「何って、ずっと労働者暮しですよ」。だとすれば、彼は根性のある男だったのである。

山本直大さんは鹿児島へ帰ったあと、間もなく急死された。華があり頭も切れる人だったから、生きておられたら、それなりのことをなさったはずだ。植田さんはその後医者になられたと聞いただけ、幾田君は広島で銀行勤めをしていると知るのみで音信は杜絶えた。

伊黒君とは文通がずっと続いた。彼も宮崎に帰国後入党していたし、結核が再発して療養所暮らしをしている点でも、気持ちが通じるところがあった。遊部久蔵や三浦つとむの主体的唯物論なるものを私に教えてくれたのも彼だった。しかし、そのうち突如、私の出した手紙を全部送り返して来た。スクラップブックに貼って全部保存してあった。どういうことかわからなかった。自分の嫌なところが、かつての森君の場合と同じように嫌われたのだろうと思った。

その後また交わりは復活し、もう家庭持ちになっている私を訪ねに、わざわざ熊本まで来てくれた。病いが完治せぬままに、衛生検査技師をしているという。この人は一歳上ということもあり、私としては兄事しているつもりだったが、私が著書を出すようになると、それで私が思い上ったと勘違いしたらしく、留守中電話をかけて来て、京二は居留守を遣っているんだろうと私の連れあいに言うようになった。もう交わりを断った方がお互いのためだと思って、私は到底世に容れられぬ狂人なのだから、見限ってくれと手紙を書いた。この人は大器だったと思うのだが、なにか自分の生きかたが途中で行方不明になったようで、友情に厚い人だっただけに残念でならない。

それは八〇年代の初頭のころだったが、二〇一一年の同窓会で黒阪君と大連以来の再会を果したとき、「伊黒が京二から破門されたと、言って来たことがあったよ」と聞かされた。彼はもうからだが弱って、東京へは出て来れぬとのことだった。破門とはとんでもない。彼は常に私の兄貴格だったのに。

黒阪君は建築家として立派に成功していた。幼な顔がよく残っていて、この人とは淡々といつまでもつき合えそうに思った。伊黒君から「あいつは凄いオーディオルームを作ってんだよ」と聞いたが、少年時からのクラシック熱はもう生甲斐になっていたのかも知れない。自分をしっかり保持して来た人なのだった。黒阪君は去年亡くなった。奥様からの賀状欠礼通知でそれを知り、お悔み状に彼の少年のころを書いてよろこんでもらえたのが、何よりの慰さめである。

結局私は、小・中学以来ずっと今日まで続いた友というものを、ひとりも持たずに終った。たぶん自分のことを、まともな社会人じゃなく、江戸時代でいうなら、長屋で傘張りでもしている素浪人のように思いこんでいたからだろう。私とつき合っては迷惑だろうと、こちらから引く構えが身についていた。

私は帰国直後の自分が青共へははいったものの、党員になるまでの決心がつかなかった事情を述べようとして、ながなが大廻りした。「協議会」勤めを終えるころは、もうマルクス主義的思考が身についていた。上司のコミュニストたちも、姉と私が帰国したらすぐ入党すると信じていたと思う。なぜなら、彼らは引揚げ間際に「大連民主連盟」という布章をくれて、「これを服に縫いこんで持ち帰り、最寄りの党支部に差し出せ。いきなり入党したいと言っても入れてはくれないよ」と言ったからである。あくまで非合法時代の感覚だった。帰国してみたら、党は「いらっしゃい、いらっしゃい」みたいに入党歓迎の姿勢で、あの布章など阿呆らしいと言ったらなかった。

姉はすぐに入党したが、私はそうしなかった。この一文は私の思想的遍歴を叙べようとするものではないし、一九四八年の春まで私が愚図愚図していた事情は次のように言っておけばよい。私はとりあえず五高受験の準備をせねばならなかった。熊中にはいって朝礼で整列したとき、自分はこんなところに並んでいる子どもじゃないと強く感じた。大連の最後の冬に、もう大人の仲間入りしていたのである。再び中学生になるのは不本意極まりなかった。早く五高にはいって、中学とはおさらばしたかった。しかも私は二年生の秋以来、詩人になろうと思い決めていた。ヘッセの『ペーター・カーメンチント』ではないが、詩人は孤独にそして自由に、放浪するものではないか。どうやって党の規律に服するというのだ。私が入党したことを黒阪君に知らせてやったときのことだ。「君が共産党員だとは悲劇を通り越して喜劇だ」と彼は書いて来た。何をぬかすと思ったが、自分の正体が誤たず見抜かれたとは感じていた。

姉が入党すると、居住細胞の仲間が訪ねて来るようになって、その一人に小牧一二さんがいた。山口経専の出で、私より五つ歳上だった。かなり苦労した人らしく屈折したところがあったが、泰山木の白い大きな花が大好きという文学青年で、私には兄のようにやさしく接して下さった。私の入党推薦者の一人がこの人で、「将来党のすぐれたイデオローグとなろう」という文言が苦い記憶としてとどまっている。入党後は居住細胞がおなじだから、キャップの彼が直接の指導者だった。党の演説会で聴衆から、ソ連についてかなり批判的な質問が出たので、私が立ち上って「ジイドは『ソビエト旅行記修正』で」と言いかけたら、小牧さんが慌てて私のズボンを引っ張って坐らせた。あとで「こんな大衆的な場でジイドのなんのって言っちゃダメだよ」と叱られかつ笑われた。

姉は職場では熊本医大細胞の所属だから、医学部の学生党員何人かとも親しくなった。中でも池田篤信さんは心やさしくエンジェルみたいで、大好きだった。この人は静岡高校文科の出だが、徴兵逃れに熊本医科大学へ進んだのである。そういう徴兵逃れのために医大へ来たという文科出身者は、他に何人かいた。池田さんはゲシュタルト心理学とマルクス主義を折り合わせようと苦心していた。またスタンダルの愛好者で、ジュリアン・ソレルはマルクス主義的に見てもっと積極的に評価すべきだと熱っぽく語るのだった。この人も五つ上で、私はなぜかこの後も五、六歳上の人と縁が深かった。

五高にはいるちょっと前だったか、小牧さん池田さん、それに私が中心になって文学サークルを作り、『地層』という雑誌（のちに『文学の友』と改題）を出した。私が療養所へはいらなければ、この歳上の人たちともっと友情を深めることができただろう。小牧さんはやがて党の地区委員になったが、私が療養所にいるとき、警察のスパイとして除名された。彼がそんな行為を働いたとは私は信じなかった。今も信じていない。池田さんはずいぶん歳上の下宿の未亡人と結婚して、熊本を去ってしまった。実はこの二人は姉に求婚し、姉は二人とも断わっていたのだ。それはずっとあとで知った。なぜ断ったのかと私は思った。二人とも知性ある立派な青年だった。このどちらかが義兄になってくれていたら、という気が今でもする。

前後入り乱れたが、これで療養所を出所するまでに出会った人びとについて、あらましを語ったことになる。療養所を出てからは、『文学ノート』『新熊本文学』『炎の眼』と左翼系文学雑誌を出し続けた。その間に出来た友人・知人についてはあまり語るまい。東京に出てからの友人知人、『日本読書新聞』の同僚についても語るまい。東京での最大の事件は吉本隆明さんの知遇を得たことだが、そのことはもう別のところに書いた。『読書新聞』にはいったのは、編集長の定村忠士さん、編集部のまとめ役だった吉田公彦さんが、五高の同期だった縁による。このお二人、特に公彦さんには散々お世話になったとだけ言っておく。また在京中、橋川文三さんともご縁が深かったが、これについても別文で書いている。昭和三十年代に影響を受けることの多かった谷川雁さんについても、すでに一文を草した。

熊本へ帰ってからは、『熊本風土記』を出したこと、〝水俣病闘争〟に関わったこと、真宗寺というお寺に出入りしたことが主な出来事で、その間最も敬意を抱いた人物、本田啓吉さん、甲斐弦先生、佐藤秀人師についてはすでに書き記している。ずっと補佐して来た石牟礼道子さんについても、『全集』に小伝を書かされ、その作品については一冊の本を書いた。むろん、以上四人の他、親しく行動を共にした人、知り合った人は数多いが、今は語るまでもない。親しく交わったというのは恩讐こもごもと言うに等しい。報いはすでに全部おのれに返っている。

*

最後に今なおなつかしい何人かの人について書いておきたい。一人は谷川道雄さん。私は谷川四兄弟とはみなおつきあい戴いたが、最も気分が合ったのは道雄さんである。なにより人物が高雅だった。ユーモリストだったのも好ましかった。私にとても優しくして下さったので、なつく気分だったのかも。この人は私より五歳上で、もともと五歳上とはウマが合うのである。中国史家として評価の定まった人だから、これ以上は書かぬ。亡くなってほんとうに悲しかった。小学校のときの担任の先生のような気がしていた。だから先生と呼んでいた。

そういえば松浦豊敏さんも五歳上である。この方は東京で谷川健一、高浜幸敏両氏といっしょに同人誌を出していた詩人でもあったが、私が知り合ったころは砂糖労組のオルグをしておられた。熊本へ帰ってスナック『カリガリ』の主となり、その『カリガリ』が『水俣病を告発する会』の本拠みたいになったことについては、ここでは語り切れない。私も石牟礼さんも、松浦さんに短期金融をよくお願いしたもので、その度にハイハイと笑って貸して下さった。

さらに忘れてならぬのは中畠文雄さん。この方は私より二十歳近く上のかただったと思う。私が入党したころは熊本県委員をしておられた。県委員といえば、私のようなヒラからすればとんでもなく偉いのである。祇園橋の角にある県委の事務所に、一晩当直させられたのはいいが、朝起きてみるとコソ泥にはいられていた。大した被害はなかったと思うが、失態は失態である。翌朝当番で出て来られたのが中畠さんでよかった。この方は温厚で、いつも物静かだった。「そうですか」と報告を聞き、叱ることもなかった。

この方は長崎経専の出だが、もともと文学青年だったらしい。私が療養所を出てみたら、もう県委員ではなく、党内で何の役職にもついておられなかった。私はすぐ新日本文学会熊本支部を再建し、機関誌『新熊本文学』を月刊化したのだが、そのとき小説を持参して加入されたのには驚いた。小説を書かれるなど、まったく知らなかったのだ。私が上村希美雄、藤川治水らと『炎の眼』を創刊すると、中畠さんも参加され、やはり小説をいくつも書かれた。ずっと歳上なのに同輩としてつきあって下さった。党などもう見切っておられたのである。

私は一九六五年に東京から熊本へ帰り、いろいろやった末、中・高生相手の英語塾で飯を食うことになったのだが、一時は繁昌し、中畠さんにも手伝ってもらった。その後独立してご自分で学習塾を開かれ、大変うまく行っていると聞いたが、郊外に移られてのことだったので、それきりつきあいは切れてしまった。あとではペンネームで『詩と真実』（これは一九四八年に創刊された熊本の地方文人たちの同人誌である）に、小説を発表されていたようだ。

中畠さんは控え目で、人を侵さない方であられた。しかし、内には不遇でも人に頭を下げぬ気概の持ち主だったと思う。奥様がまた品がよくやさしい方であった。子どもさんがなく、夫婦仲は至極よかった。世間がこういう人たちばかりならば、言うことはないのだ。私などただ恥かしいばかりである。私に対してよいことばかりして下さり、それに私は報いられなかった。

最後に絶対落せない友は、珈琲アローの主人八井巖さんである。小さなコーヒースタンドだが、もう五十年通っている。水俣病事件に関わって狂気まがいだったころは足が遠ざかっていたが、事件が収まるとまた通い出した。もう足が駄目になったので、月に一、二回しか顔出しできないけれど、それだけで心が通じる。ここは最初はふつうのコーヒーを出していたが、今は薬湯のような、これがコーヒー?といったのを出す。この独特なコーヒーが評判をとって、今では県外から客が来る。

八井さんは私より六つ歳下、熊本市から南下して八代市にはいる手前に小川という小さい町があって、そこの農家の三男坊である。信念の人であり義の人である。当りは柔らかいのに、希に見る頑固者である。年中無休、以前は早朝から夜中の二時まで店を開けていた。私も石牟礼道子さんも、この人にどんなに世話になったことか。律義を絵に描いたような人で、早死した弟さんのかなりの借金を全部返済したと聞く。かと言っていわゆる人格者などではなく、嫌いなものは嫌いで通す。客には丁寧だが、迎合はしない。ネルドリップに湯を注いでいる時は、話しかけられても返事しない。

客の人柄も一目で見抜く。私の顔を見てよろこんでくれるのは、広い世の中でこの人ひとりという気がする。カウンターの中で討死するつもりらしい、蝶ネクタイにベストというクラシックスタイルで。最近少し猫背になってきた。私とともに老いゆく友。しかし私よりはるかに性根がすわっている。「元気でいて下さいよ」といつも言われる。「私はあとまだ五十年やりますから」。

なぜ私に好意を持ってくれるのか不思議だ。黙っていても気持ちが通じるからか。ああ、そういう友がもうひとりいた。もう四十年も昔に、『毎日新聞』熊本支局にいた首藤宣弘君。私よりひと廻り以上下の一九四三年生れで、愛媛県の出身。少年海上自衛隊あがりで早大を出たという変り種。ずんぐりむっくりの短軀だが力持ちで、長身の共同通信記者のベルトをつかんで、えいやっと持ち上げ投げとばすのを、この眼で見た。

革マルシンパの癖に北一輝が大好き。常に鬱々たる情念をたたえていて、酔えば自分の職場を火焔放射器で焼き払ってやると放言する。私が教室にしている板の間で、深夜本を読んでいると窓がガタガタとあく。スワ、敵襲と身構える私に、ひょっこり顔を出すのは首藤君。「まだ起きてましたか」。すでにいいご機嫌である。私は呑まないから、上りこんだ彼に安ウィスキーを一本あてがう。何という話もないのだが、そのうち空がしらじらとして来る。「夜明けはいいですなあ」とのたまわって帰ってゆく。とにかく酒を呑まずにはすまず、あの上通の広いアーケード街を、片端から片端まで蛇行しながらやって来る彼の姿を目撃したこともある。ということは私も深夜までうろついていたわけだ。

石牟礼さんから言われた。「あなたたち二人は黙って座っていても、何か通じ合っているようで、見てると変な気になるわ」。寡黙な男で、会っても黙り合っていることが多かったのだ。それで落ち着けた。話すことはそうありはしない。私は『告発する会』の仕事で大童わだった。別に誘ったこともないのに、「わしゃ、はいりませんぜ」と言う。その癖、デモにはやってくる。そして言われてしまった。「あんたは阿《あ》呆《ほ》です。革マルでも中核でも、リーダーは列外に居て見てますぜ。あんたは最前列でしょ」。

彼はやがて在日朝鮮人の婦人と結婚し、またやがて福岡、そして東京へ転勤になった。資本主義を理解したいと言って、ずっと経済部所属だった。『エコノミスト』編集長になって、部数を伸ばしたと私に威張った。一見鈍物のようで、われこそは切れ者とうぬぼれている連中より、実はずっと敏腕だったのだ。私の『逝きし世の面影』は彼の依頼で『エコノミスト』誌に書いたのである。原題は『われら失いし世界』。

魚釣りが唯一の道楽で、東京からわざわざ鱒だかの燻製を送ってくれたこともある。『毎日』を辞めて昭和女子大で教えていたが、数年前、脳卒中で倒れた。幸いリハビリが利いて、今では読める字の葉書をくれる。

八井さんと首藤君は無償の友情を私に寄せてくれた。この二人にも何も報いていない。でもこの場合は、それでよいという気がする。私も彼らが無条件で好きだったから、たとえ借りがあったとしても、貸し借りの勘定はなしでいいと思っている。

私はもう足が弱って、どこへ行くにもタクシーである。会社はきまっているから、運転手諸君ともずいぶん顔なじみだ。中にはほんとうに好ましい人たちが何人かいる。タクシードライヴァーは高齢化しているから、たいてい六十代だ。男もその歳頃になると、実に味が出て来る人がいる。乗車中しか話ができぬのが残念である。彼らとも貸し借りのない関係だ。

未練がましくも、まだ名を逸している数名の友がいることに気づく。たとえば作家の福島次郎さんに、画家の板井栄雄さん。二人とも九州学院の出で、熊本のエリート校の熊中（現熊高）や済々黌の出身者とは違う、ほんとうにフリーで飾らない人格だった。このお二人は九学で同学年だった由で、私より二学年上になる。福島さんはもう亡くなられたけれど、彼の処女作『現車』をこの度復刊に漕ぎつけられたのは、私の老後の最大のよろこびである。『現車』は福島さんがご自分の母堂の、いかにも肥後女としか言いようのない奔放な生涯を活写した名作だが、初版の単行本が出たあとも、荒木精之さんの『日本談義』に続篇が連載されていて、それはまだ本になっていなかった。この度の復刊はその部分も併せていて、泉下の福島さんには満足していただけることだろう。

実はこの復刊については、福島さん在世のころ、私が弓立社の宮下和夫さんにお願いしていて、なかなか実現に至らなかったのである。ところが、それから二十年以上も経った最近、宮下さんから出版を引き受けてくれるところが見つかったと連絡があった。何という息の長い信義だろう。思い起せば、この宮下さんという人も、私にとってあだおろそかにはできぬ人物だったのだ。しかしそれを言えば、小川哲生さんの名も逸することはできない。書けばきりがないので、この二人は吉本隆明さんの信任厚い編集者だったとだけ言っておこう。それ以上の人物保証はありえない。板井さんについては、私の対談集『気になる人』（晶文社）を見てもらいたい。この対談集中、板井さんとの対談が一番面白かったと言って下さった読者が多かった。板井さんの金無垢ともいうべき個性のせいであるのは言うまでもない。

ここまで書いて来て、私を育ててくれたのは、これまで出会った人びとだったのだと、また繰り返したくなった。私は女の人のことは書かなかった。女の人は男以上に私を鍛えてくれたのかも知れない。でもこの文章では最初から、女性のことは書かぬ方針だった。女は私にとって、友というのとはちょっと違う存在のようだった。たとえ友だちだとしても、男友だちと女友だちはずいぶんと違うもののような気がする。

吉本隆明さんのこと

吉本さんが亡くなったとき、新聞や雑誌からコメントや追悼文を頼まれたが全部断わった。その理由を言うのは難しい。棺に入って評価定まるとか、入っても評価定まらずとか。とにかく彼らが求めているのは、逝った人の業績の評価である。そんな評価は自分にはできない、とりあえずしたくないという気持ちだったろうか。

私にあるのは逝った人への感謝の思いだけだった。その人の生涯を評価するのはそれに背く行為のように思えた。つまり私と吉本さんのつながりは、吉本さんが偉大な思想家であるとか、ましてや「戦後最大の思想家」であるといったこととは関係がないもの、きわめて私的な、ということは私だけの個人的に大事な事柄で、そんなことはジャーナリズム上の「追悼文」に表わしようのないことだった。

いや、そう述べても、まだそのときの気持ちをうまく言えていない気がする。文筆を業とする者にはどうしても世間的な虚像が伴う。私は世間が偉いともてはやす吉本さんから、はじき出された気がしていたのかも知れない。やめてよ、そんな俗な人じゃないよ、「俺が死んだら、世界は和解してくれ」と歌った人だよ。と言いたかった。偉い吉本さんはみなさんにお任せするといった気分だったのか。私には私だけの吉本さんがいる、とでも言ったらよかろうか。私だけの吉本さんがジャーナリズム上の「追悼文」になるはずはない。

私はある時期までこの人の圧倒的な影響下にあった。ある出来事に私がある考えを持つとする。すると吉本さんは、その出来事について、私の考えたこととほとんどおなじことを書かれるのだった。ということは、私の考えかたが吉本さんのそれにまったく同化されていた訳で、「吉本アタマ」になり切っていたと言っていい。

でも一方では、「吉本学校」というものがあるとすれば、自分はその劣等生だという自覚があった。というのは、私は吉本家に入り浸っていた二年間、吉本さんからずっと叱られていたからである。その後、「吉本学校」の優等生らしき人から、渡辺は吉本の言うことを正しく理解していないと叱られたこともあった。なるほど仰せの通りかも知れない。ひがみでも何でもなく、それでよろしいではないかと私は思った。

吉本さんは私の吉本さんで、自分に都合のいいように吉本さんの文章を読んでも、それは私の勝手であるはずだ。

　吉本さんが逆立ちしても及ばぬ人だとは最初からわかっていたし、いまもその思いに変りはない。でもある時期から、この人の言説のすべてに同意する必要はない、同意しないからと言って、自分の大切な人に背いたことにはならぬと私は考えるようになった。出入りしている頃、吉本さんは私を歯痒く思われることがあったらしく、あるとき、僕に弟子入りしたら全部教えてあげますと言われたことがあった。こんなことをおっしゃるのは、異例のことではなかったか。私はとうに弟子入りしているつもりだったが、機嫌とりみたいでそうは言えなかった。生涯を省みて、師といえる人には三人しか逢っていないと思う。吉本さんと白川静さん、である。ただし白川さんにはお眼にかかったことがない。もう一人の僧分の方についてはここでは触れない。しかし本当の師といえば、やはり吉本さんのみである。

　しかし、師というのはその人の言説がすべて聴聞に値するから師なのではない。大事な一点を教えられ、それがわが生涯揺らがぬ北極星となったからこそ師なのだ。私は次第に吉本さんの言説のすべてに随順する者ではなくなって行った。それでも、師と思える人がいるとすればこの人だという思いは変らなかった。その一点とは何か。

人が聞けば笑うかも知れぬが、人は育って結婚して子を育てて死ぬだけでよいのだ、そういう普通で平凡な存在がすべての価値の基準なのだという一点である。それ以上は言いたくないし、言えない。これは私にとって非常に重大な一点であった。

追悼文を断った気持ちを自ら尋ねてここまで来た。追悼とは再び言うが、その人の全業績の賞賛を意味し、その賞賛には言表せぬとは言え品定め、ということは批判も隠れている。私は亡くなった師を品定めしたくなかった。吉本さんは若い頃、と言っても三〇代の終りだったか、ある人物と論争して、わが師をそしるなと書かれた。何という古風な倫理感だろう。私はその古風さに深い感銘を受けた。わが師は尊《たっと》んでいればよいので、評価するに及ばぬというのが、亡くなられたときの私の気持ちだったろう。

だから、これから書くのは吉本さんに関する私的な思い出である。私が吉本隆明という特異な物書きがいると初めて知ったのは、『新日本文学』の誌上で、たぶん一九五七、八年の頃だと思う。私は一九四八年、一八歳のときに新日本文学会に入会し、当時なお会員で、中野重治、窪川鶴次郎、野間宏、花田清輝などから指針を得て来たのだから、まったく変ったことを、あるいは聞いたこともないことを言う人だと印象づけられた。その後『芸術的抵抗と挫折』を読んで、この人独特の視角と冴えた論理に、ただ者ではないという感触を得たものの、疑問や反発も少なからず、そういう書きこみもしたことを記憶している。残っていれば赤面ものだが、貧乏した時に売り払ったのかもう手許にないのが幸いだ。

私が指針を仰ぐべきはこの人だとはっきりわかったのは、『中央公論』一九六〇年一月号に載った『戦後世代の政治思想』を読んだときだ。天と地がひっくり返るような根底的な衝撃を受けた。この論文を収めた『異端と正系』、さらには安保闘争後に『擬制の終焉』が出るに及んで、一九五六年共産党と絶縁して以来、自分が歩んで来た模索の道程に決着をつけてくれる人はこの人しかいないとはっきり自覚した。

初めて御徒町の吉本さんのお宅を訪ねたのは一九六二年の初頭だった。当時吉本さんと『試行』を創刊してまもなくの谷川雁さんから、君も何か書いて吉本君のところへ持ってゆけと言われたからである。吉本さんは玄関先で対応されたが、私はその人間的形象に心底愕かされた。吉本さんは「はい」の替りに「へい」と言われた。まるで職人の親方である。物書きにこんな人がいるのかと思った。この人への私の終生変らぬ尊敬はこのとき生まれたのである。雁さんなら「ああ、君が渡辺君かね」くらい言い兼ねない。ところが吉本さんは若僧の私に、「へい、へい」と丁寧に応待されたのである。それだけではない。飾る必要のない人格というものがそこにあった。何という人だろう。その夜の深い感動はいまなお心奥に残っている。

次にお訪ねすると、吉本さんは私の原稿を採用する、しかしそれは『試行』の方向性に最低線で一致しているからだと言われた。そんなこと言われたらめげそうなものなのに、その言葉は私の耳に快く響いた。この人は信じるに足る、そんなふうに私は感じたのだと思う。

それ以来、私はしばしば吉本家を訪ね、とくに『日本読書新聞』に入ってからは、編集者としての所用もあって、ほとんど入り浸りの状態になった。用がなくても吉本家へ足が向く。ただただ吉本さんが好きで、一緒に居たかった。いま思えば、まったく御迷惑だったろうと身が縮む。それにしても、当時吉本さんは原稿の注文も多かったろうに、行くと必ず相手して下さった。すみません、ちょっと仕上げねばならぬ原稿があるので、三〇分ほど待って下さい、と言われたことが一度あったきりである。それに部屋の中に書物というものを見かけないのも、深く心に残った事実だった。もちろん、書籍は別な部屋に置いておられたのだろうが。

ある日お訪ねすると、僕はいまから親の家へ行くんですが、あなたも一緒に来ますかと誘われた。吉本さんは六歳下の私を君呼ばわりされず、必ず渡辺さんと呼ばれた。私はよろこんで付いて行った。国電に乗って北区だったか板橋区だったか、お訪ねした家のことはほとんど憶えていない。貴重な機会だったのに、何という迂闊屋で私はあったことだろう。しかしそれよりも、私は電車の中での吉本さんの居ずまいに深く愕かされ、圧倒的な印象を刻みこまれたのである。席が空いていて並んで坐っていたのだが、吉本さんはあのがっしりした長身をまるですくめるようにして首をうなだれていた。あまりものも言われなかった。自分の姿を消してしまいたいと言わんばかりに見えた。太宰の「生れてすみません」ではないが、「存在してすみません」といった風情だった。

人は言葉によっても教えられるが、姿とたたずまいから学ぶことがもっと大きい。いま思うと私は、あの日の吉本さんのたたずまいから根本的な事柄を教えられたのだと思う。吉本さんは顴骨の張った人相からしても、容易に他人に屈せぬ叛骨の人であり、喧嘩は無類に強かった。雁さんは一座を睥睨する人であった。東京へ出て、まつろわぬ神々を征伐したと誇る人であった。その彼が吉本さんとちょっと論争したとき、まさに鎧袖一触の感じではねとばされた。根性が違うとはこういうことかと私は思った。そんな吉本さんが身を縮めているとは。これは根本的な教えだったと思う。

日本読書新聞に私が入社したとき、吉本さんはよろこぶ風ではなかった。文章を書いてゆこうとする人間は、文筆ではなく何か他の職業で暮らしを立てるべきだ、それも文化やジャーナリズムと無縁な職業がいいのだと私におっしゃった。そういえば、ご自身は当時特許関係の事務所に勤めておられた。いまになってみると、読書新聞に入って編集者として吉本さんに接するようになったのが、私自身にとって不幸なことだったのがよくわかる。

これはのちの「読書新聞事件」のときもそう感じたのだが、吉本さんは思想戦線の配置という点では敏感だった。私は仕事上、武井昭夫や針生一郎といった新日本文学会系の論客にもよく話を聞きに行ったが、吉本さんは私が吉本さんと彼らの間をうまく泳ぎ廻っているのではないかと猜疑なさったのだと思う。むろん私には吉本さん以外にわが仏はなかったが、そんなことは言表する要もなくまたしたくもなかった。また私は苦労が身につかぬ極楽トンボ的性分で、吉本さんには無責任な才子に見えることもあったかも知れない。

*

ずいぶんと叱られた。記憶とは都合がいいもので、どういったことで叱られたか、ほとんど忘れてしまっている。だが今では、要するに君は誠実さが足りないと叱られたのだという気がする。叱られても吉本家通いをやめなかったのは、根本的にはやさしくして戴けたからだと思う。それに奥様がよくして下さった。あるときなど、叱られている私を見兼ねて吉本さんに、あなたの近親憎悪は見たくないと庇って下さったこともあった。奥様についてはもうひとつ忘れられぬことがある。吉本さんが講談社から頼まれてマルクスの評伝を書いておられた頃のこと、渡辺さん、うちの吉本はマルクス主義者になっちゃいそうよと言われた。これはいかにもおかしかった。

長女の多子さんは小学校へあがる前後だったと思うが、私が行くと必ず自分が描いた絵を見せてくれた。奥様が「この子は面喰いだからね」と言われたところを見ると、その頃の私は多子さんのお気に入りだったらしい。吉本さんの多子さんへのやさしさにはびっくりした。私にも当時多子さんより少し歳下の長女がいて、自分ではやさしい父親のつもりだったが、吉本さんのやさしさにはとても敵わないと思った。

むろん叱られてばかりいた訳ではなく、いろいろと教えて下さった。ジャーナリズムに出て行くことを禁欲する必要はない。注文があればどんどん書くとよい。しかし、いつでも元へ戻れることが大事だ。往相と還相の両面をわきまえておればいいのだ。往相還相という言葉を初めて知った。もう親鸞に親しんでおられたのだ。あなた(「君」と言われたことは一度もない)の書き出しは、ああでもないこうでもないと言い過ぎる、もっとストレートに主題を衝くべきだ等々。もっとも、ああでもないこうでもないは橋川文三さん譲りで、いまでは私のスタイルになってしまった。

いま思えば、吉本さんは私を信用して下さってもいたのだ。東京タイムズのある人と組んで「試行」派の新聞を出せとおっしゃったこともあった。私はそれを受ける自信がなかった。先ではサルトルのように政治の分野でも行動する、まだそれが出来ぬのは、日本にはヨーロッパのような政治思想の蓄積がないからだと言われた。そういうときがこの人にもあったのだ。

そのうち「読書新聞事件」が起った。さるライターが書いたコラムが皇室を侮辱するものだと、右翼団体が謝罪を要求したのである。このとき吉本さんは、同意見のライターを募って社に乗りこみ、絶対謝罪するなと強硬に申し入れた。右翼からパンチを入れられたら、絶対こちらも入れ返さねばならぬと私に言われた。吉本家を訪ねた際、私自身の態度を問われた。むろん反対しています。反対ですだけじゃだめだよ。口先だけでは駄目と吉本さんは言っているのだ。だが社は結局謝罪することになった。問題のコラムが身体的欠陥をあげつらう書きかただったので最後まで守り切れぬという編集局長の判断だった。私は辞表を出した。これによって自分を正しさの方に確保しようとしたのではない。結局は口先の反対しか出来ぬ自分、腹というものの据っていない自分を裁いたのである。
吉本さんは辞職することはなかったんですよとおっしゃって、新たな就職の心配まで
でして下さった。だが、吉本さんにそんな労までとってもらうつもりはなく、しばら
くして仕事はみつかった。『月刊さかん』という雑誌の編集で、創刊号から四号まで
出した。「さかん」とは「左官」。左官を対象とする文化雑誌を出したいという人があ
って、その人の依頼で一人で編集・製作した。左官たちとのつきあいは短かったが楽
しかった。「協同組合」の専務理事さんからは、あとで私が熊本へ引揚げると決心し
たとき、事務局に入って東京に残りなさいと勧められた。

もう生きるのに精一杯、それに編集者としての関係もなくなって、吉本家を訪ねる
のも希になった。それでも引越しのときは手伝いに行ったし、ばななさんが生まれた
ときは、お祝いにダックスフントの縫いぐるみを持っていった。熊本へ帰るとき挨拶
に行ったら、そうですか、帰りますかとだけ言われたことをいまでも憶えている。

一九六五年春に熊本へ帰ったあと、吉本さんとのご縁は切れた。その前年、私は山
本周五郎ばかり読んでいた。これまでの生涯を一切見直すつもりだった。その気分は
熊本へ帰って以後の自分のありかたも規定したと思う。

吉本さんとは一九七五、六年頃、『北一輝』執筆のため佐渡を訪れ、帰りに東京へ

立ち寄った際、一〇年ぶりにお目にかかった。宮下和夫さんが連れて行って下さったのである。吉本さんは「よう」と、珍しい奴が来たという感じだった。いくらか不信がまじっていたかも知れない。でも私はひたすら師にお会いできたという一心だったから、すぐにお気持ちがとけたようだった。一時間ばかりの間、吉本さんはもっぱら谷川雁について、あの人は最初から社長で、社員も小使いもやったことがないんですよなどと話された。ははあ、私がまだ雁の影響下にあると思っておいでなのだな。でも私は何も言わず、にこにこして話を聞いていた。わかってます、わかってますと心中で言いながら。

一九八〇年代の初め、小倉の金栄堂が主催した講演を友人たちと聞きに行った。講演が始まると隣りの石牟礼道子さんがコックリし出したのには冷汗が出た。何しろ最前列だったのだ。終って石牟礼さんと二人で挨拶に行くと、一緒に食事でもどうですかと誘われた。ほかに連れがあったのでお断わりしたのが残念だったが、吉本さんが石牟礼さんにとても優しく接されたのが印象に残った。

その次にして最後の出会いはそれから二、三年のちのこと、ではなかったか。天草訪問のあと熊本市に寄られた。付き添っていた吉田公彦氏は谷川兄弟の末弟で、私も石牟礼さんも古い知り合いだったから、四人で寿司屋へ行った。このときも吉本さんは石牟礼さんへ好意をはっきり示された。公彦さんが出した『エディター』という月刊誌に、この二人は『歳時記』というタイトルで、並んでエッセイを書いていたことがあった。だから吉本さんは石牟礼さんの文章の質についてよく認識されていたのだろう。当時吉本さんは文学者の反核集会なるものを厳しく批判していた。私が例の調子で石牟礼さんを指し、この人反核集会へ行ったんですよとからかうと、吉本さんは石牟礼さんは行っていいんですとおっしゃった。うーんと私は唸る思いだった。この人の人間の識別はやはり凄いと思った。

私の暮しのことを心配されていたと見え、よければ自分の顔が利く大学に職を斡旋しようとおっしゃった。私はすでに福岡の予備校へ通っていて、生涯初めて生活が安定したところだった。いま生涯で最高の給与をもらってますからと断わると、苦笑なさった。私はいつもこんなふうに冗談めいた口しか、この人にきけぬのだった。この人への敬意を口にするなど、羞しくて出来ることではなかった。

その後私は、亡くなるまでこの人を遠望しているだけだった。新しい著作も読まなくなっていた。吉本さんと私とでは、どこに考えの違いがあるのだろうと思うこともあった。所詮は近代というものの受けとりかた、世界の必然的な展開過程について理解が異っているのかとも考えた。しかし、吉本さんにとっても近代は一義的ではなかったようである。倫理的な価値づけを極力排する人であったのに、ご本人には倫理的としか言いようのない感受性が、それも核心の部分に居据っていた。とにかく頭のよさの点でも、論理的構築力の点でも、視座の据えかたの点でも、到底及び難い人である。それはわかっているが、吉本さん自身、自分の志向をうまく言えていないところはあったろう。

小川哲生さんが自分が編纂した吉本さんの講演集『宮沢賢治の世界』（筑摩書房）を最近贈って下さった。懐しい声を聴く思いで読んでいたら、愕然とするような言葉に出会った。吉本さんはまず、「雨ニモマケズ」という詩を知ったとき、「自分もこの人とおなじような人になれるんじゃないか」と夢みたと語り、続けてこう言っている。「この夢を、自分なりにたどって、そして自分なりの勉強も含めて今までやってきましたけれど、宮沢賢治って人はとんでもない人で、なんといいますか格違いで、こんな人にぼくもなれるとおもったこと自体がお話にならない、馬鹿げた青春のいたずらだっておもっています。宮沢賢治の思索や所業をおもうと、自分の行ないとか、やることがどんどん落ちていくばかりだっていう体験をして現在に至っております」。

これは二〇〇九年九月、つまり亡くなる二年半前に語られた言葉だ。ところが吉本さんはすでに一九八九年にもおなじようなことを語っているのである。「『じぶんも宮沢賢治とおなじになれるし、おなじ関心のもち方というのが、わかるようにおもう』とかんがえていたのは十代の後半のときだけで、だんだん堕落していきました」。これとおなじような言葉は一九九六年の講演でも口にされている。「だんだん堕落して、だんだんダメになって」。

もちろんこれは賢治のようになりたいという夢について言われた言葉であって、その限定をとり払って一般化すると間違うだろう。しかし、「堕落」というのはただごとではない。吉本さんこそ私とは格違いの人である。特に文学作品の感受の鋭さ深さ、ということは人間を含めての全存在の感受のウソのなさと深さという点で、私とは格が違うのである。その吉本さんの晩年の言葉であるゆえに私は粛然たらざるを得ない。あれだけの業績を残し、あれだけウソのない生涯を送った人にしてこの言があるとすれば、私ごときは夢々おのれの拙なさを忘れることがあってはなるまい。

橋川文三さんのこと

1　悲哀と放棄

橋川文三さんが亡くなられたあと、追悼文を書くようにいくつか求められたが、結局書けなかった。

私が橋川さんの文章を読むようになったのは、昭和三十二、三年頃だったかと思う。ちょうど吉本隆明さんや谷川雁さんの文章に接し始めたのとおなじ頃であった。この三人はいわば私が末弟だとすると長兄にあたる世代の人びとで、日本が戦いに敗れたとき、すでにいっぱしの大人としての判断がもてた人たちだった。敗戦の時中学三年生で、皇国イデオロギーと明治の新体詩しか頭になかった私などとは、戦後の出発点が違った人たちで、むろんいろいろと教えてもらったのはたしかだが、一方ずうっと頭をおさえられっぱなしだった感じが抜けないのは致しかたない。

だが、何と遥かなところまで来てしまったことだろう。吉本、谷川、橋川と名前が並べばなつかしくも浮び上ってくるような、ある時代的な問題設定、竹内好、花田清輝、平野謙といった彼らよりひとつ上の世代の設定に挑戦しながらなおかつ土俵を共有していたような問題の枠組は、いったいどこへ消え去ったのだろうか。思えば彼らの思想的ないとなみは、大正末年から昭和三十年代まで続いたわが国近代のある思想的局面の最後の輝きにほかならなかった。

むろんその局面とは、マルクス主義と近代的自我の観念によって領導された特殊な史的プロセスであり、その終焉をもたらしたのは個人を超えた時代の力とせねばならない。だが、吉本さんについて言えば、少なくともこの人はこの終焉をもたらした人為的要因の第一号だった。局面の転換自体を餌とする氏の最近の力業については、ここで取り立てて言うまでもあるまい。

だが橋川さんは、晩年にいたるまでこの転換に対して超然としておられたようだ。自分の仕事の歴史的な根拠について防衛するわけでもなく、さりとて新しい局面について行こうとするのでもなかった。晩年はことに体調が思わしくなかったようだが、そのせいというよりも、なにか魂を深く悲哀と放棄にむしばまれておいでのように見えた。

私は橋川さんの近くにいたものではない。私と氏の関係は、昭和三十七年、ちょうど『日本の百年』（筑摩書房刊）の担当巻の進行に悩んでおられた氏が、私を口述筆記者として一週間傭われたのに端を発している。むろん初対面であった。その後、蓮田善明について『思想の科学』に書いた折、文献をお借りし、原稿の批評を乞うた。何も批評は口にされず、もっと伝記風に書けばよかったですねと言われたのには、しんからまいった。あとは私が『日本読書新聞』に入ってからの、編集者としての接触があっただけである。その『読書新聞』入りも、実は橋川さんが推薦者であったのだそうで、私は去年、当時の同僚の吉田公彦さんから聞いて初めてそのことを知った。私はそういう迂闊者であったのである。

昭和五十年代には熊本で二度お会いしている。一度は当地の書店主催の講演に来られ、次は西郷伝のための南九州行の帰りであった。橋川さんは私が酒をくらってヨタをとばすのにずいぶん驚かれたらしく、「東京にいた頃の君は笈を負うて出郷した少年の風があったのに」と、不思議なものを見るような眼つきだった。

そういう弟子でもなく、とくに親炙したともいえぬ私に、発言の資格の欠けることは重々承知ながら、私は五十年代に接した橋川さんに、再び言うなら悲哀と放棄を感じた。先生は（橋川さんは私の「先生」ではない。しかし今やそう呼んでいいのだ）、南九州行の途中、宮崎で西郷の遺跡を訪われた際に、故老たちの話を聞こうともせず、同行の編集者赤藤了勇氏に「君、聞いといてよ」と言い捨てて、その家の仔犬と遊んでおられたそうである。亡くなられたあと、先生について論がかけなかったのは、この私が悲哀と放棄と解したものに言葉を失う思いだったからである。

そもそも言うなら、先生の文章を一貫する抑制と慎しみは、私の解すべからざるものだった。あれは本質的に、育ちがよく品がよい人のやることである。先生が育ちよく品よき人であったことは疑うことができない。だが、テキストの蔭に身を隠したいと言わんばかりのあの特徴ある筆法には、たしかに何か過激なもの、吾に何者ぞと問うや、然らば答えん、余は独学者なり、と書かれた時にかすかに露表したような、或るビターなものが隠されていた。先生の野戦攻城の気分というものも私には不可解であって、この人はつきまとって世話を焼かねば旅行も出来ぬ人だったのではないか。野戦攻城とは、私なんぞのガラッパチの言うことである。そこには育ち、資質と、経験と課題との間に架けねばならなかった橋のたわみときしみが聞えてこずにはいない。この人は一流の文芸批評家にだって、アカデミックな大学者にだって、その気さえあればたやすくなれた人である。その人がほかならぬ橋川文三としての仕事にわが身を限ったについては、私などには窺い知れぬ深い悲哀と放棄があったのだろう。私が書きたいのは、ただそのひとことである。

2　抑制と暗い炎

橋川文三(一九二二―一九八三)は竹内好、鶴見俊輔、吉本隆明らと並んで、わが国の戦後思想中、重要な一潮流を代表する文筆家である。もっとも竹内・鶴見・吉本が一世をリードする論客とみなされたのに対して、橋川はよりアカデミックな日本近代思想史家と受けとられる面が強かったかも知れない。しかしそれは、橋川の独特な自己抑制がしからしめたところで、満州事変から日米戦争に到るあの十五年戦争の経験を受けとめて、戦後の現実と対峙しつつ思索する作業において、彼はまぎれもなく一個の思想家であり、ただその思索を直接に表明するのではなく、思想史研究という形式に埋めこんだのである。

彼の思想史研究的な業績は、いま私が「解説」の任を与えられている本書『ナショナリズム』がそうであるように、近代日本のナショナリスティックな、一般には右翼とされる思想的形象を対象とするものであった。彼の処女作は『日本浪曼派批判序説』で、すでに同人誌連載中に評判になっていて、一九六〇年未來社から刊行されると、私は待ち兼ねたように購入してむさぼり読んだ。

それは決定的な出会いで、以来この人の著作が出ると、すべて購入して読むことになったが、私は何よりも彼の叙述スタイルに身の震えるような親縁を覚えた。学者のような顔つきで語っていた人は、実は詩人だったからである。著者はカール・シュミットに依拠して保田與重郎を「批判」していたが、シュミットのみならず、彼がヨーロッパ近代の思想と文学に通暁していることは一読明らかだった。ヨーロッパ近代の精髄を極めて日本右翼を論じる。なんとスリリングなことをやる人か。文章は一流の詩人のごとく精妙で含蓄があった。

社会科学者で唯一の文体の保持者と三島由紀夫が評した、その文章の味わいに私が魅せられたのに間違いはない。しかし、文体とはその人の生きる姿勢そのものである。橋川の文体は端正・温和で、論述のしかたも、扱う問題について客観的に広く展望・紹介するといった風でありながら、その底には苛烈で、時とすればほとんど魔的と形容したい断定が匿されていた。彼の抑制された外面の蔭には、歴史つまり人びとの生きて来た事実の亀裂にのぞく深淵を見てしまった者の、暗い炎が激しく燃えさかっていたのである。

私の知る限りのこの人の温和で静かな風貌には、ある悲しみと断念がはっきりと感じられた（酒のはいった彼の絡み癖は伝説になっているが、私は二度ほど酒席を共にして、乱れた姿を一度も見たことはない）。彼が戦時中「日本ロマン派」、特に保田與重郎の心酔者だったことは、もとより著作から承知していたが、彼が日米開戦ののち死を覚悟、というより憧れていたことを、私は宮嶋繁明著『橋川文三　日本浪曼派の精神』（弦書房、二〇一四年）で初めて知った。

同書は橋川の前半生の伝記で、今後橋川について書く者が必ず参看すべき貴重な労作である。私はそうだったのかと、深くうなずくところが多かった。橋川は旧制中学上級生の頃から、ランボー、ヴァレリーの心酔者で、一高に進んでからは文芸部の雑誌に詩や散文を発表し、「橋川の前に橋川なく、橋川の後に橋川なし」といわれるほどの才能を示したという。私は初めから、文学者として一流になるべきなのに何かの拍子で学者になってしまった人と、彼のことを思っていた。やはり、そうだったのである。

彼が東大法学部に進んだ時、友人たちは意外の感にうたれたという。彼は著述家としてデビューして以来、丸山学派の一人に数えられていたから、私はてっきり東大政治学科で丸山眞男の弟子だったものと思いこんでいた。宮嶋によると、彼は大学で丸山の講義を聴いたことは一度もない。日米開戦は彼の一高三年生の時で、東大では学徒動員でほとんど授業らしきものを受けていない。丸山との縁は戦後の編集者時代に生じたのだ。彼は自分のことを「独学者」と述べたことがあるが、それはなおざりの言葉ではなかった。

彼は太平洋のどこかの島で美しく死ぬことしか考えていなかった。だが病弱のために徴兵されず、そのことに絶望して敗戦の日を迎えた。心空しく生き残ったのである。敗戦は当時の大方の日本人にとってショックだったが、戦って死ぬことに至上の価値を見ていた彼のような青年にとって、ショックなどという生易しいものではなかったろう。彼はそこから立ち上って、歴史というものの認識を第一歩からやり直さねばならなかった。その成果が『日本浪曼派批判序説』以下の一連の日本近代思想史に関わる著述であり、本書『ナショナリズム』はその一里程標なのである。

この本が標題に対して異様な構成になっていることは否めない。序章「ナショナリズムの理念」で、近代ナショナリズムの本質が、その語義・淵源も含めて全面的に考察されているのに対して、本文ともいうべき第一章・第二章は日本ナショナリズムの成立のみを扱っており、それも時代的には明治十年代の自由民権運動で終っている。

つまり標題は本来『日本のナショナリズム』とあるべきで、しかもそれとしても、その後昭和期の「超国家主義」となって展開する、いわば日本ナショナリズムの完全発現態はまったく言及されぬまま、叙述は打ち切られているのだ。

その事情は著者自身の「あとがき」に明らかで、「どこかで計画と目測を間違ったために、御覧のような均斉のとれない、中途半端な記述におわった」と述懐されている。著者は「少なくとも明治二十年代までを含め」、その後の超国家主義への見通しもつけるつもりだったのだ。

そもそも「日本ナショナリズムの山頂をきわめる」という当初の意図が「新書」という形式には過大だったのである。「新書」とは普通二〇〇ページ程度の小冊子で、所蔵する「紀伊國屋新書」の原本を調べてみると、「あとがき」を含めて一九〇ページしかない。

もちろんそのスペースで、昭和期の超国家主義までたどることは、叙述を概略化すれば不可能ではない。だがそんな略述はこの著者には出来ることでもなく、また欲するところでもなかった。歴史は著者にとって、無数の憧れや恨みを埋めこんで褶曲する複雑巨大な地形にほかならなかった。スケールの大きい地図に写せば、いとおしい襞も肝心のニュアンスも消え去る。

予兆はすでに序章に現われていた。パトリオティズムの自然さに対するナショナリズムの人工性を明らかにしつつ、著者はルソーに言及し、特にその「一般意志」の含む危うさを論じ始める。しかし、それを論じると問題はナショナリズムにとどまらず、ナチズムやスターリニズム、さらには民主主義にさえ拡がりかねない。著者は辛うじて踏み止まる。

著者は第一章で、開国前後の日本人の国家意識のありかたを、封建諸侯、武士、豪農、庶民の各層について検討する。その広い目配り、犀利な分析には、この問題に関する著者の蘊蓄が十分に発揮されており、特に国学が果した役割についての叙述は圧巻といってよい。ところが著者にはいいたいことが多すぎるのである。想念が湧いてとどまらぬのだ。それは吉田松陰についての均衡を失した長い叙述を見ればわかる。私はこのことを欠点とするのではない。こうしたのめりこみこそ、著者特有の魅力をなしているといいたい。だが、第一章まですでに紙数は三分の二に達した。

第二章は「維新」によって成立した明治国家が国民を創り出さねばならなかった事情を説いて生彩を放つ。国民のナショナルな目醒めを経て国民国家が成立したのではない。列強に伍すべき「国民国家」が少数の専制的指導者によって設計され、それに必要な国民は教育によって創り出された。明治民法の規定する「家」が、一般庶民の伝統である「家」と異質だったことの指摘も重要である。この章は、自由民権運動が玄洋社などの右翼を生むに至った逆説を述べて締めくくられるが、この逆説は著者の抱えこんだ大きなテーマとして、その後の仕事で追求されることになる。

途中で突然打ち切られた未完成の感はあっても、本書が日本ナショナリズムに関する基本文献として今日でも生命を保つことはいうまでもない。ただ、いくつかの点を私がいい添えるのは許されるだろう。開国時、日本民衆がまったく国家意識を欠いていた点について、著者は福沢などの暗愚視を、批判的保留は施しつつも一応肯定しているようにみえる。しかし今日になってみれば、その暗愚とは、民衆が国家から自立した生活世界を確保していたことの証しだったというべきである。また庶民の藩兵への採用についても、長谷川昇の『博徒と自由民権』（中公新書）は、奇兵隊の場合とは違った様相を提示していると思う。

それにしてもナショナリズムは、今日に至ってますます怪奇の相を呈している。著者は序章の副題を「一つの謎」としているが、その感は今日一層深い。著者が「隠岐コンミューン」に託した夢は、やはり一九六八年というこの本の著作年代に限界づけられていたというべきか。中国ナショナリズムにせよ、当時著者の眼にはその本質は、無理もないことだが見えていなかったのかも知れない。ナショナリズムは依然として、近代が生んだ怪物であり続けている。グローバリズムによって国民国家の時代は終ったという今日はやりの言説が、とんでもない近視眼であるのは、やがて歴史が証明するだろう。

実は橋川文三さんは私がひと方ならずお世話になったお人で、私がしがない物書きになったのも橋川さんと吉本隆明さんに学んでのことなのである。仕方のないことだが、本文中「橋川」と呼び棄てにして私の心は痛んだ。橋川さんは六一歳で亡くなられた。今にすると若死である。私自身老残の身ながら、死ぬまでにいつかはちゃんとこの人のことを書いておきたい。

佐藤先生のこと

今年は先代住職佐藤秀人先生の二十五回忌に当たるということでございまして、それで思い出話をせよということですから、こんな高いところでお話しするのもなんでございますけれども。現住職の薫人《ふさと》君はそれこそ、このお寺に小学生の時にやってまいりまして、それ以来ずっと見てまいりました。実は英語を教えたこともあります。それで、私が英語を教えとる間、九十分ほど授業をするとしますと、せいぜい我慢しているのは最初の三十分くらいでございまして。後になりましたらあくびはするわ、座り直すやら、辛抱がきかない生徒でしたけれども。その薫人君が立派な住職になりまして、今日のような盛大な集まりを催すようになりましたんで、私も薫人君が引っ張りだすなら仕方がないと思って、今日はやってまいりました。

先代住職は大正八年のお生まれでございまして、私は昭和五年の生まれでございますから、十一歳年上であられたわけです。ご縁ができまして、お付き合いしたのは、晩年の五、六年であったと思います。そんなに長くお付き合いしたわけではございません。しかし、晩年の五、六年の間は夜になると、先生はお弟子さんを集めて食堂で一杯召し上がるわけですが、その時必ず私にお呼びがかかりまして、毎晩のように先生と飲んでおりました。当時石牟礼道子さんの仕事場がお寺のすぐ下にありまして、私が夜まで仕事の手伝いをしているので、呼び出されるのです。それでいろいろとお話をうかがいましたが、とにかく私は大変大事にしていただきました。十一歳も年下であるのに、本当に同年輩のように大切にして、付き合っていただきました。私は非常に欠点の多い人間でございますし、人間もできておりませんし、今年八十二歳になりましても、八十二歳らしいそういう人間の成熟段階というものは全くございません。年々子どもに帰っていくような、もともと幼稚でありましたのが、ますます幼稚になっていくような人間でございます。そういう私を非常に大事にして下さいました。

それで、私としては非常にありがたいというか、今日一つ考えてきたのが涙は流すまいと思ってきました。年をとって涙もろくなりまして、先生の思い出話なんかやらされたら、どうも皆さんの前で醜態をさらすようなことになりやしないかと心配で、それだけはすまいとやってまいりましたが、万感こもごも迫ってまいります、もう二十五年も経ったのかと。満でいいますと二十四年でございますが、もう二十四年も経ったのかと思います。ここに持っとります数珠は先生からいただいたんです。たまたま形見になりました。これを私に下さる時に、坊守さんの咲代夫人が「まあ、そんなにいいのあげちゃうの」とおっしゃられました。なかなかいいお数珠なんでございます。もちろん大切にしております。

佐藤先生について話すとしたら、それこそ二時間や三時間じゃ足りないんでございます。実は先生が亡くなられて、三年ばかりしたときでございましょうか。やはりこの本堂で、若い人相手に「佐藤先生という人」というタイトルでお話をしたことがございます。それは記録にもとられてございまして、去年、私が出しました本に収録いたしました。（『未踏の野を過ぎて』弦書房）。佐藤先生のことをもう少し知りたい方は、できればその文章を読んでいただきたいと思いますし、またその文章をひょっとして読んでおられる方がおられましたら、私は同じような話しかできません、その時、散々佐藤先生については語ったつもりでおりますので、それ以上のことは言えませんので、また同じような話をするとお感じになられましょうが、その点もお許し願います。

佐藤先生という方は晩年は『熊日』（熊本日日新聞）などでも紹介されました。この真宗寺というのは、当時若い人たちをたくさん受け入れておりまして、「青年駆け込み寺」という名前を『熊日』が付けて紹介したこともありまして、晩年はお名前も多少は知られたかと思いますが、それでも基本的には自分の名前を世の中に出すなんてことは嫌いな方でありました。それでこの寺で青年たちを相手に一生を終わろうと思っていた方でありました。しかも一つの特徴として、坊さんである以上はこういうところに座って、いわゆる法話というものをしなければならないと思うのですが、そういうことを一切なさらなかった方であります。これも非常に、僧侶としては一つの特異な覚悟のあり方であったのではないかと思います。僧侶というのは職務としてやはり、善男善女に法を説くということが大事なお仕事だろうと拝察するんでありますけれども、佐藤先生はおやりにならなかった。ここでは研修会などを、ちゃんと年に何回かお開きになったんですが。その時もご自分でお話しすることはない。先生たちを招いて先生たちの話を聞くという姿勢でございました。

これはなぜかというと、やはりお若い時にですね、相当に自分という人間をしっかり見つめられた方なんだと思います。それで、佐藤先生という方は、一言で言ったら強烈なわがままな方でありまして、それこそかんしゃく持ちでございまして、世に言うところの人格者などではありません。名僧ではありません。一個の強烈なわがままを発揮した方でございました。それをちょっと、いくつか例を挙げてお話しいたしましょうか。

ここには一時期、青年たちがたくさん共同生活をしていたんでございますが、その中から何人か僧侶になりまして。さっき美しい『御文』を拝読してくれました、さかしまけん太君などもそういう青年の一人でありました。そして先生はそういう青年たちとずっと一緒に暮らしておられたんですが、かんしゃくが起こると弟子たちを木刀を持って追い回しておられました。ある夜、けん太君が庭でしょぼんとしとりますので、「どうしたか」と聞くと、「禿ちゃんが僕を木刀で叩くというのでここに逃げてきとる」というふうなことでございました。「禿ちゃん」というのは、佐藤先生の頭が禿げていた。これは戦車兵を満州でなさっていたときの名残だそうです。頭が禿げておりましたので青年たちは「禿ちゃん、禿ちゃん」と呼んでいた。それから坊守さんの咲代夫人のことは「さーちゃん、さーちゃん」と呼んでいた。それから長女さんのことは「のりちゃん、のりちゃん」と。それから次女さんのことは「みっちゃん、みっちゃん」でございました。つまりここに集まった青年たちは一つの家族のようにですね、まったく大家族のように暮らしていたわけなんでございます。

それで、そういうお弟子さんたちと殴り合いをするときもありました。弟子の方が先生に殴りかかるってのはおかしいんですけれど、先生の方から殴ってくるもんですから、正当防衛か何か知りませんが殴り合いになる。そうすると、ここに古い仏青でお医者さんをなさってる方がおりますけれど。その方がたまたまその時にこられておりまして、「師も師、弟子も弟子」とおっしゃったそうです。そんなふうに世間の常識からしたら何をやっとるんだというような、てんやわんやの毎日がここで繰り返されていたわけでございます。しかし、佐藤先生はそういう自分の姿、人格者というところから非常に遠い、なんてわがままな人なんだろうというような印象を持たれる自分の生き方を、堂々と隠さずに生きようというふうに覚悟をなさった方だろうと私は思います。

それといいますのは、先生が日頃おっしゃるのは「己れをかばうな」ということでございました。これは強烈な一言で私の中に残っております。私の方も言いたい放題を言ってまいりまして、「はしか犬」っておわかりですか、肥後の方ならおわかりでしょうけど、疥癬にかかった犬のことです。熊本の文化人からは「はしか犬」のように、あいつには近づくなと嫌われた人間ですが、先生はそれ以上の方でありました。私がこの真宗寺に出入りするようになったっていうことをお聞きになった、お西の坊さんで私の友達でございますが、「渡辺さん、あそこの住職はキチガイみたいな人ですよ。ちょっと用心した方がいいですよ」と私に忠告されました。鳴り響いておったんでしょう。

先生は若い頃、教務所なんかにも出入りしておられた。晩年はほとんど教務所なんか行かれなかったんですが、若い頃は教務所にも行かれたんでしょう。その教務所の会議に行かれて、当時はマイクの設備を真宗寺しか持ってなかった。だからそのマイクの設備をお弟子さんの椋田君が持って行く。椋田君というお弟子さんは今は大分のお寺の住職をしておられますけれども。その椋田君が機械を抱えまして、その教務所の会議に出る。そうすると、そのマイクを使ってどこかのお坊さんがお話をする。その中味が先生は気に入らない。不愉快である。「椋田、帰るぞ。あのマイクをとって来い」と言ってサッササッササーっと自分は帰っていかれるわけです。すると、椋田君はその坊さんがマイクを持って喋っておるので、「すみませんけど」ってマイクを取り上げてですね、後からついていかなくちゃならない。そういう方でございました。

先生に殴られた坊さんもかなりいるらしくて、咲代夫人の話では「あんたの旦那に殴られたがどうしてくれる」と乗り込んで来られた坊さんも一人や二人ではなかったと聞いております。しかしそういう先生の生き方は何から来ているのか。これはやっぱり、あの方の一切計算というものをしない、自分の中に沸き起こってきた怒りがすぐ行動に出てしまうという、言って見れば純粋無垢、言って見れば、大人になりきれない子供だったというふうにも言えましょうけど、そういう純粋無垢な人柄の発露であったんだと思う。

また例を挙げますと、あの人は満州の戦車隊にいる時に、下士官をクランクで撲り倒して重営倉に入っている。北満は零下二十度、三十度となるところでございますが、危うく凍死しかけたというエピソードを持っておられます。それも、その下士官を撲り倒したのは、自分につらくあたったからじゃない。自分の戦友を、おとなしい戦友をその下士官がいびる。それで義憤に堪え兼ねてクランクで撲った。クランクっていうのは、昔の自動車もそうでありましたが、戦車っていうのはエンジンの前の方に曲がった棒を差し込んで回して始動させる。その曲がった鉄の棒であります。先生は大谷大学の剣道部に入っておられた、剣道の有段者であります。その剣道の有段者がクランクで一撃したのですから、下士官は即座に昏倒したわけですね。考えて見るにですね、旧軍隊では上官に対する暴行っていうのはあったんです。あったけれども、自分がいじめられたからじゃない、自分の戦友がいじめられたので上官を撲ったというのは珍しい。その時の気持ちとすれば私もひょっとしたらやらんこともなかった。だけども私がやったとすると、「これをこのまま見過ごしておいていいのか」、「これを見過ごすとしたら、俺はとんでもないやっぱりダメな野郎だ」、「ここで男にならにゃいかん」っていうふうに覚悟いたしまして、散々覚悟してクランクを振り上げるわけであります。ところがあの人は違うわけであります。カッと来たらもう、すぐ手に持ってポコッといったわけでございますね。何も考えていない。そういう方でありました。

それから、これも有名な話でございますが、大谷大学の剣道部にいたころ、剣道部員が京都のやくざともめごとを起こした。それで、やくざから剣道部へ呼び出しがあった。「おまえら加茂川の河原に出て来い」、「何月何日の何時に出て来い」と。それで、佐藤先生が自分で買って出て「俺が行く」って言って出て行かれた。木刀一つ下げて出て行かれた。河原に行くと、五、六人向こうにやくざが立っておる。そこにスタスタスタと近づいて行って、まずどれが兄貴分かと見定めて、「エイッ」といきなり突きをいれた。すると兄貴分がすってんと転がった。そりゃあそうでしょう。あの人は突きが得意だったんだそうで。「突きの秀」という異名があったほどだそうでございますからね。それで、考えてごらんなさい。やくざに呼び出されて、話をつけに行く時にですね、ある程度覚悟をして出て行くにしてもですよ、最初は近寄って何か話をするもんでしょうが。「呼び出しがあったが、何の用か」とか。それをスタスタスタと近づいて行って、いきなり「エイッ」ってやる奴がどこにおります。世の中こんな人間いないですよ。

ということは、先生は出かける時にもう覚悟したんですね。「俺は命を捨てる」と。剣道部のためにですね、命を捨てる。敵と相打ちしてもいいと、そういう覚悟を持って行った。異常なことですよ、これは。そんなふうにしてどう収まったのかっていうことは、そこまでは聞いておりませんが。その時、本当はヤクザたちの親分でしょうか、それともどこかの会社の重役さんでしょうか、仲を取り持つ人があってそのヤクザたちも事を荒立てるつもりはなかったらしいんです。だから、話せば何でもなく終わったことなんです。だからいきなり「突き」なんてやる必要は無かったわけなんですね。ところがそれをやっちゃう人です。だから異常な人です。異常な人というのは、自分を賭ける人です。そして自分から沸々とたぎっているものがあったならば、それを真っ直ぐに出してしまう人です。

それで、大変面白いことを言われたことがありまして、「まあ、俺は怒るけど、あれは俺が悪いんじゃない。怒るのは俺じゃあない。その怒りは、外から来るんだ。俺の中から沸いて来るんじゃない。外から怒りが来るんだ。あれは俺のせいじゃない」

って。これはまた、なんちゅう理屈でしょうか。しかし外から飛んでくる怒りっていうのも、これは考えてみたら恐ろしいですよ。どこから飛んで来るんですか。宇宙の果てから飛んで来るんですか。この怒りは恐ろしいですよ。それであの人は荒れ狂う一種の修羅であったと思う。

もちろん真宗の念仏者でございますから、己れの罪業深重、つまり自分が救われない人間であるっていう自覚は非常に早い時になさったと思う。そういう救われない愚かな自分というものが人前で話をするようなもんじゃないということで、ここで法話もなさらなかったんだと思います。一個の修羅です。そして人間っていうのは、やはり人からよく思われたい、自分の立場をよくしたいと思うものです。誰も人に憎まれていくのが好きな人はいませんからね。私なんか少々変わっておりまして、人から嫌われるとなんだか快感が起こってくるような、そういうへそ曲がりもたまにはおりますけれど。普通は人から嫌われたくありませんよ。自分の立場を悪くしたくありません。だから、どうしても自分をよく見せようとする。それを先生は、「自分をかばう」とおっしゃったんです。それで「自分をかばうな」と始終おっしゃっていた。これは実に強烈な一言でありまして。つまり私たちは世間に出てそういうわけにはいかない。世間に出て、自分をかばわずに生きて行けるもんじゃない。

先生は若い時に、先代のご住職とちょっとうまくいかないことがあったんでしょうか、妻子を連れて名古屋に家出されたことがあります。それで名古屋で何年間かサラリーマンをやられました。それで私が、あの性格で会社に勤めるっていうんですから「それは先生、お辛かったでしょう」って言いましたら、「はあ、地獄でした」っておっしゃいました。ですから、到底世間ではなかなか勤まるような人ではない。だから自分のお寺にこもって好き放題をしたんだっていうふうな、もちろんそういう辛辣な批評もできましょうが。しかし考えてみると、お寺っていうのはそんな簡単なもんじゃございませんよ。門徒さんがあってのお寺でございますよ。門徒さんにとっては自分たちのお寺でございまして、その自分のお寺に何十人っていう若い奴がごろごろと勝手していればですね、何か自分たちのお寺ではなくなるような気持ちが起こってくることは当然ですよ。ですから安穏としてお寺で稼いでやっていこうとすれば、門徒さんを大事にして評判をよくしてというのが普通のお寺でございましょう。お寺の経営っていうのはそういうものでございましょう。ところが、あの方は一時はやはり門徒さんと対立することさえあったわけでございます。それで中には「門徒をやめる」って言った方があったとしても、動揺なさらずに仕方がないというふうな立場で、ちっとも恐れることはなかった方でございます。

ただ晩年には、門徒さんとの関係も非常に良くなられた。これは嬉しいことでございますけどね。それは先生が人格者になったっていうことではないです。あの人は絶対人格者面はできない方でございましたから。例えば、『宮本武蔵』なんかがテレビであってまして、沢庵和尚が説教するのに対して武蔵が反抗する。そうするとテレビを見ながら先生が武蔵に加勢なさるわけです。「やれやれっ、そうだ、やれっ」ってですね。沢庵和尚に反抗する宮本武蔵に応援なさる。それから「平常心」って言葉が大嫌い。つまりそういうふうな人格者ぶった、修養ぶったことが大嫌いだった方でございましたからね、なかなか門徒さんとの関係は大変だったと思いますが。晩年になられましたらなんていうか、その姿から優しい光がじわじわと滲み出てくるような人格というものになられまして、そういうわけで門徒さんとうまいことといったんだろうと思います。

そういうふうに、一個の修羅として生きる。宮沢賢治が「唾《つばき》し　はぎしりゆききする　おれはひとりの修羅なのだ」というふうに歌いましたけれども、まさにあの方は歯ぎしりしながら、また涙を流しながらこの世を生き通した修羅であったろうと思いますす。私はそういう修羅としてのあの方の姿が非常に好きというか、教えられるものがございました。

それからいろいろ申し上げるときりがありませんが、もう一つ私が感心しましたことがあります。私は放埒無残な不信心者たちをいっぱいお寺に紹介しまして。だいたい、文章書いたり理屈を言ったりする奴は不信心者が多い訳ですからね。そういう友人たちもこのお寺に遊びに来るようになったんでございますが、あの方は彼らに一言も真宗の信仰者になれとはおっしゃらなかった。これは見事だった。「とにかくお寺に入って一緒に座ってお経を称えなさい。称えたくなかったら黙って座っているだけでもよろしい」とはおっしゃる。しかし「真宗の信仰者になれ」ということは一言もおっしゃられなかったので、これはやっぱり器量が大きい。現代における宗教というのはセクトとなってしまってはならない。何か教団を組織してその教団のメンバーをずっと増やしていくというようなことではあってはならない。一般の社会人がこのお寺に来てみて、ここなら何か違うものがある、ここに来れば心が落ち着く、あるいは粛然とすると、そういうようなものがあってくれればいいんで、そういうものに宗教はなっていかなくちゃならない。これは私の下手な考えかもしれませんが、そういうお考えもあったのではないかというふうに思います。

そして、何よりも私が感心することがまだございまして、このお寺を若い者に解放なさったことでございます。これは先代住職との間にもですね、そういう方針をめぐってはいろいろトラブル等もあったことだろうと想像いたします。門徒さんからいろいろな心配が出てくるっていうこともさっきお話ししました。青年たちに対する態度はですね、もちろんかんしゃくを起こして叱られることもありますし、日頃は厳しい。けれど、ここのお寺でのいろいろな行事は全部その青年たちに任せる。「お前たちが考えて、お前たちが実行しろ」ということで全部青年たちに任せてやるという方針を取っておられた。

そのかわり、行事のやりかたに対しては厳しいのは厳しい。私がまだこのお寺に出入りする以前昭和三十年代の後半辺りが、熊大の学生をはじめとして一番青年たちがたくさん集まった時期だとうかがっております。その頃の研修会は門の外に出ることが出来なかったそうです。研修会中はここに泊まり込んで、門外に出たら駄目だった。そういうふうに厳しかったそうです。しかし厳しかったけれども、青年たちに任せておやりになる。そして時にはかんしゃくを破裂させる。そのかんしゃくは私が見ても、ちょっとこれは無理難題なんじゃないか、そういうことに対して怒るのは、あるいは先生が誤解していらっしゃるのではないかと、そういうようなことが無きにしもあらず。

そういう怒り方をされながら、たくさんの若い人がここに集まってきた。なぜでしょうかね。私なんぞ、この晩年になりまして、人はほとんど訪ねてまいりませんよ。その方が私はいいんですけど。ところが晩年になるまで「禿ちゃん、禿ちゃん」って言ってですよ、もう立派な社会人になったおっさんたちが、「禿ちゃん、禿ちゃん」って言って慕ってくるわけでしょ。それから中学生高校生あたりの、ズベ公みたいな不良少女みたいな子たちも、やっぱり「禿ちゃん、禿ちゃん」って言って慕ってくるわけでしょ。それは何故かと思うんですが、あの人はやっぱり人を思う心が深かったんです。私もですね、やはり付き合いのある人間は大切にしたいと人並みには思っております。思ってはおりますが、あの人はちょっと人並みではありませんで、人に対する思いというのが非常に深うございました。愛情がまた非常に深かった。愛情の深いのはですね、もう身びいきの域にも達しておりました。ここに出入りしている青年が、例えば結婚問題などで相手の女とトラブルが起こる。婚約していたけど解消するとかなんとか、そういった揉め事が起こる。そうすると先生は、是非善悪に係わらず、絶対このお寺の青年の肩を持たれるわけです。どっちが良いとか悪いとかいう理屈じゃないんです。もう身びいきも身びいき。これはどう考えてもこの青年が悪いという時にも、その青年の味方をなさるわけ。そういうことは現実問題としてはどうかとは思いますが、でもそれはやはり並々ならぬ愛情の深さである。こういう点がですね、多くの青年たちがここにやって来た理由であろうかと思います。

最後にもう一つ申し上げたいのは、あの方は大きな志をもっておられた方でありました。私は、人間っていうのはですね、世間的な大事業をやる必要はないと思ってます。政治であれ経済であれ商売であれ教育であれ、何か大事業をやって成功してそして世間からも尊敬される。それは結構なことですよ。結構なことですが、そういうことはしなくてもいい。この世の中で一生無名なままで、片隅でぺーぺーで終わったとしても、それでよろしいのでありまして、それが尊い人生かもしれないと思っております。

昭和五十九年にこの真宗寺で御遠忌をやりまして、その御遠忌は、薫人君にこう言ったら悪いんですが、それこそ盛大な御遠忌でございました。本日もお見えになっております宗先生はじめ、有名な先生方も来られてですね。そしてお話をいろいろとなさった。それで、その時のやり方は、僧の資格を持っていない青年たちに全部衣を着せてこの壇上に上げるということで、当時としては教団の中では批判、非難もあったかに聞いておりますけれど。そういう、僧の資格を持たない青年たちを僧として御遠忌をやるという冒険も含めて、それは盛大な御遠忌がございました。それが終わってから四、五年してからのことでしょうか。「自分は御遠忌を一つやった、青年たちにやらせた」と。それで、一つの大きなことをやり遂げたと感じておられたと思いますが。その後、「何かもう一つ大きいことをやりたいと思っているのだが、それが何かわからないので苦しんでいる」ということをお聞きしたことがあります。それは、いわゆる大事業ってことではないのであります。

あの方はですね、このお寺を終戦後に開放して青年たちが来るようになさったというのも、戦争に負けた日本というものの姿を見て、なんとか精神的に日本人を立て直さなくてはいけない、そう思ってお始めになったことです。そういう精神的に日本人を立て直すということが、これはイデオロギー的に言って、右翼であるのか、保守主義であるのか、何であるのかそんなことはどうでもよろしゅうございます。そういうことよりも、やはり日本人の魂ということをいつも考えておられまして。それでやはり三十年ほど前のことでございますけど。ちょうど一九八〇年代で、世の中がだいぶおかしくなってきた時代でございまして、なんとか日本人の心というものを立て直さなくてはならない。そのためにはどうすべきかということを常に考えていらっしゃった。

また、あの方は人は殴る、わがままはするという方でございましたが、一方では非常に繊細な感覚を持った芸術家のような方でございました。先代から受け継がれました盆栽なども沢山ありまして、そして花や木というものを非常に大切に育てておられる。それから、先生の居間の裏には孟宗竹の竹林があるわけでございますが、この竹林に射してくる朝日というものに、心から喜びを感じるような方であった。つまり、この世界に充満している生命というもの、これは自然の形も取りましょうし、いろんな鳥や獣の形も取りましょうし、人間の形も取るわけでございましょうが、この世界に満ちあふれている生命の光というものを、非常に深く感じ取る方でありました。その光というものを、一人一人の、今の若い人の中に灯していきたいというふうに思っておられたんだろうと思います。

そこで、最後に何か大きいことをやりたいというのは、そういう意味の大きいことであったと思う。それで、何をしたらいいのかということで非常に苦しんでおられた。つまり、あの方はこれでいいっていうふうに満足することがない。自分が何か求めていくとすると、その次その次というふうに、例えば人工衛星を打ち上げるにもだんだんロケットを切り離しながら噴射していくようにですね。一段ロケットを切り離すと、次のロケットに点火するというふうな、そういう方でございます。それで、そういう志の中でこのお寺では数々の人材が育っていったわけでございますけれど。

一つ忘れてはならないのは、みんなが「さーちゃん、さーちゃん」と呼んでいた、咲代夫人でございますね。それから、また二人の娘さんでございますね。考えてみればこの先生の奥さん、それから娘との家庭生活というのはないわけでございます。他人がいっぱい入り込んできているわけですから。他人がいっぱい入り込んでいる中で、家庭生活らしい家庭生活もない。そういう生活を、この坊守さんの咲代さんと、それから二人のお嬢さんが共になさったということですね。これはやっぱり、一人の男がそういうことをやろうとしても、そういうことを家内が理解してくれない、あるいは子どもが反対する、そういうことが世の中では間々あることなんですが、これが真宗寺では、この咲代夫人と二人のお嬢さんが全くお父さんのお気持ちというものと一緒になって生きてこられたということですね。ですから、このお寺はもちろん佐藤秀人先生がつくられたお寺ではあるが、それと共に咲代夫人、それから二人のお嬢さんが共につくられたお寺である。そしてまた、ここで沢山育ってきた青年たちが、それぞれ思い出を残してつくり上げてきたお寺でございます。

それで、今日お寺というものは、なかなか在り方が難しいわけでございまして。一時期は葬式仏教になってしまって悪いというふうな批判があったわけでございます。仏教は生きた宗教で、生きてる人間の信仰でなければならない、死んだ人間を弔う儀式ではないんだと。これはもっともでございますけれど、しかし、死んだ人間をちゃんと弔うということが今どこで出来ておりますか。ペット霊園までできましてですね、ペットまでちゃんと弔ってもらっているようでございますが。それこそ今はもう葬儀社の花盛りでございまして、昔の葬式とは全く違うような、芸術的っていうのか立派な葬儀が営まれております。しかし、それが本当に人が葬られるということでしょうか。例えば自分が死ぬ時は、どこかの葬儀社のお世話になって、どこかの会館で葬儀があるかもしれないが、「ちゃんと俺の魂はここに帰ってくるんだよ」と、「俺の魂はここで住み続けるんだ」と、「ここで弔われるんだ」というふうな寺が大事でございましょう。

ですから、『御文』の中に「後生の一大事」と申されていたでしょう。そんなことを私が言ったら、滑稽極まりないことで、笑って聞いていただきたいんですが、この「後生の一大事」というのは、やはりそういうことじゃないかと思うんです。そういうふうな一つの魂の拠り処、懐かしい所としてのこのお寺をつくってこられた。それは単に青年たちを受け入れるためではない。このお寺には実にしっかりした門徒組織がありまして、お彼岸の時などはちゃんと門徒さんがいらっしゃって、ここでお斎をお作りになります。また、お盆にせよ御正忌にせよ、きちんと行事を守り続けておられます。朝と夕べの鐘も、ちゃんと撞かれております。そういうお寺がだんだんとなくなっていく。その中で、こういうお寺を佐藤先生をはじめとする方が守り継いでこられた。

それが真宗寺の仏青というものでございます。仏教青年会といいながら、実際はもう仏教中年会、あるいは仏教老年会みたいになっている面もございます。というのは、昔の青年がみんな年取ってしまいまして、若い人がもうあんまり来ないという状況が続きましたからね。だけれど、そういう仏青がやって来たことを考えてみますとね、やはりこれを受け継いでいくということを考えますと、仏青というものも一つの集団組織でございますね。そうすると人間の集まりっていろいろあるんですよ。綺麗ごとではすみません。そこではやっぱり指導者になりたい人も出てきますしね。親分をしたい人も出てきますしね。そして、人間の好き嫌いもありますしね。なかなか、そういう集団というのは難しいものでございます。宗教の集団、集まりもそういう点はやはり免れるものじゃございません。

それで、やはり真宗寺も先生の没後、一山二山あったわけです。しかし、なんといってもありがたいことに、お孫さんの薫人君が住職になり、この度の御遠忌で住職のお披露目という意味もあるとうかがっております。この薫人君というのは小学生の時にやって来た。この人は二番目のお嬢さんの息子さんでございますが、「俺が行く」

と言って自分から志願して小学生のときやって来た。しかし、なかなか一筋縄でいく子ではなくてですね。もちろんいい子でしたけれど、なんとなく不平不満が多い。子どもでいうと、道端に大の字になって「嫌だ嫌だ」とか言う子がいますでしょ。そこまではいきませんが、その気がちょっとあるようなそんな子でございましてね。ところが、この子が見事に成長してくれまして。というのが、第二高校に行ってラグビーをやった。それから福岡教育大学に行ってラグビーをやった。このラグビーをやったというのが、一つ大きかったかもしれませんが、さわやかないい青年になってくれました。やはり何といっても、お寺の子ですから、お父さんも富山県の僧侶でいらっしゃいましたからね。お父さんから受け継いだ仏法というものが、理屈ではなくて身体に染み付いているんだろうと思います。

その薫人君が見事に成長しまして、これからまた若い人がやって来るんじゃないかと思います。薫人君自身が若うございますし、しばらく若い人たちがあまりやって来なかったこのお寺にですね、またやって来るんじゃないかと。ただし現代の若者にはお寺なんていったらダサいものの頂上でしょうからね。なかなか「お寺に来い」って言っても「はい」ってわけにもいかないかと思いますが。その点はやはり、今後の薫人君の意欲、努力になると思う。それで薫人君に一つ考えてもらいたいのは、さっき言いました、お祖父さんが何かで満足しないということです。満足しないっていうのは、自分の事業欲が満たされないということではありません。この天地に生まれて、「俺はこれでいいのか」、「人としてもっと為すべきことがあるんじゃないか」という点で、「もっと、もっと」と思っておられた方であった。その、「もっと、もっと」という道を歩んでいく上で終点というものがない。「もっと、もっと」という、そういうお祖父さんの気持ちを薫人君が受け継いでくれたらと思うのであります。

それで「己れをかばうな」という言葉と、もう一つ他に「己れを覚れ」ということですね。「己れに目覚めよ」ということを度々言っておられたんです。これは、難しい言葉でありましてね。具体的に「己れに目覚めよ」って、何を青年たちに求めておられたのか。晩年はだいぶご機嫌が悪くてですね。それで、私が行くとご機嫌が直るものですから、青年たちは私が行くと喜んでくれておりましたけれどね。でも総員ビンタなんですよ。「全員立て」って叩いていくんですよ。それで何度か私は止めてですね、収まったこともあるんですけど、一度なんかは「今夜ばかりは、ああたがどんなに止めても、駄目です」と言って、私の胸を二、三発殴ってこられたですね。それで、晩年はだいぶ機嫌が悪かったけど、それはですね、やはり「何かもっとやりたい」、「何かこれでは不満だ」という気持ちがあられたからでしょう。普通はですね、青年たちがいっぱい育ってくれている、新聞にも載るようになったし、それから大人たちも沢山来るようになったし、そこで満足するのが普通でしょうが。ところがあの人は満足しない。それは何かっていうと、やはり「己れに目覚めよ」ってことは何を意味したのかというと、あの方は間違いなく真宗の行者でありますから、自分が救われない人間であるということを「しっかり見つめろ」ということは根本的にございましたでしょう。「己れに目覚めよ」とは、いわゆる現代社会でいわれる自己実現とか、自分の才能を発揮するとか、自分のいい所に気がついてそれを伸ばすとか、そういうことではもちろんないんですね。つまり自分は何のために生きているかというと、自分を超えたもう一つ大きな所で生きている。それは他者との間で生きていると言ってもよろしい。その他者との間で、またこの宇宙から生命というもの、命というものを与えられていて、その光を与えられていて、そこで何をやっていけばいいのか、自分はどうあればいいのかということが「己れに目覚める」ということでしょうか。だとすれば「己れに目覚める」ことにも終点はないわけです。

そして、あの方は尽くすということを非常に大事にしておられた。自分のお弟子さんのことを「あれはまだ、尽くし方が足りません」と言ったりしておられました。尽くし方が足りんというのは、要するに自分がかわいいんだと。その尽くすっていうのは、己を精一杯ギリギリまで働かせる。人を大事にするっていうことは、自分の心の中に本当に人を大事にしようという気持ちが生まれるのかどうか、そういう自分を見据えていくことでもあったのかと思います。何にせよ、それは難しい言葉でございまして、私ごときが、「それはこういう意味であろう」なんて申し上げるのはおこがましいことでございます。

だいたい時間になりました。今日は、なんと申し上げましょうか、皆さんの前で不束な話で何とも申し訳ございません。先生は今生きておられたら九十三歳におなりです。六十九歳で亡くなられましたから、考えてみると早死にですね。それでも早死にという感じが一向にしないのが不思議な方でございましたね。

先生の亡き姿を偲びつつ、ここで話を終わらせて頂きます。ありがとうございました。

追記

真宗寺での佐藤秀人師の思い出話を本書に録するに当って、いくつか追加しておきたい。この方について語るのも、もう最後であろうから。

私はもともと、石牟礼道子さんの付録として、真宗寺に出入りするようになったのである。昭和五十年のことであった。石牟礼さんがその年真宗寺でお話をなさり、私も付き添って行った。五十三年に彼女は真宗寺の崖下に仕事場を借りたので、お寺との縁が深まり、彼女を補佐する私もそれに従って先生を知ったのである。でも先生は石牟礼さんの人柄と文章に傾倒なさったのだから、最初は私との縁は薄かった。

私が先生と親しんだのは、先生一生の大事業たる御遠忌をなさる前年、大病を発して入院され、お見舞いに行ってからだと思う。快復の記念に菊池渓谷にお伴したが、あの長い渓流沿いの道を二人して歩く間、私は何を話題にしたらよいか、やや緊張していたようだ。

御遠忌には私も僧服を着て参加した。姉が「京二はお寺が大嫌いだったはずなのにねえ」と不思議がった。しかしそれは全く秀人師とのつきあいのためで、先生は御遠忌中、衣を着て自分に付き添うように求められたのである。あれは不思議で、付添っているからと言って何の役もあった訳ではない。ただ「自分の脇に居てくれ」とのことだった。その間この方のお弟子に対する強烈な無理難題ぶりも見たが、何より印象的なのは衣に着けられた小さなマイクを、「もうやぜらしか」と引きちぎろうとなさったことだ。勤行の導師をなさるからマイクを身につけるのだが、それが故障がちなのがアタマに来られたのだ。その仕草が何ともかわいらしく、初めてこの方へ深い愛情を覚えた。

先生はずっと歳上であり、私より魂の座った方であったから、私に対してもいろいろ言いたいこともおありだったはずだ。でも何も言われず、「あなたは千軍万馬だから」とかえって私を立てて下さった。ただ「もう少しギラギラしなければよいが」と評されたことは人づてに聞いた。私はもう五〇代だったから、その「歳とり損い《ぞこな》い」ぶりが知れよう。「歳とり損い」とは母の私に対する評語だった。

でも一度冗談めかして言われたことがある。私が「死ぬのは嫌いでございます」と言ったときだが、即座に「死ぬことは何でもありません。あなたが死にきらんときは、私が打ち殺してあげます」と答えられた。不思議な嬉しさが湧いたことを憶えている。死は何でもないというのは信心である。信心は自分によってしか得られない。教えられて得ることはできぬのである。それで「打ち殺してあげます」と言われた。信心の人佐藤秀人は、いまでも信において私の到達できぬ人である。結局この方は、若いころ自愛心を徹底的に否定する経験をなされたのだと思う。

この方の弟子へのほとんど身びいきに至らんとする愛情についてはこの席でも語った。特にさかしまけんた君への愛情は、ほとんど実の子へのそれに類していたと思う。あるバーで、けんた君より入り婿先きとうまく行かぬ話を聞かれたとき、即座にダメなら話は早くつけたがよいと言われた。双方の理非など問題ではなく、ただけんた君を案ずる情のみと見えた。そのけんた君を木刀持って追い廻すのも先生自身だった。

この人は子分を作らぬ人だった。人を手なづけて自分の手勢としようとする人ではなかった。弟子は仏弟子で、子分とは違うのである。お寺にはずい分多くの人物が出入りし住みこんだ。中には若い連中を手なづけて私党を作ろうとする者もあった。その人物は真宗寺、ひいては佐藤一家にこれだけ尽くしているのに少しも気持ちが返って来ない、自分の真情が酬われないと、つねに不満を洩らしていた。つまり先生は、この人のためなら死のうという風に相手を思わせるような手当、人情の手当をいささかもする人ではなかったのである。人の上に立とうとする者、勢力を張ろうとする者は、自分に寄ってくる人間の心を必ずとろうとする。先生はこういう親分になるための人心工作をする方ではまったくなかった。この点でも並みの指導者などと、精神のありようの違う方だった。

先生なきあと、お寺は一時衆僧の運営するところとなり、咲代夫人と長女と跡とりの孫は運営から全く排除された。外部から講習会に講師としてやって来る人物たちも、代務者一派を「開かれた寺」の名目で支持した。お寺を世襲制から解放するというのだ。しかし真宗寺を「開かれた寺」として実現し維持して来たのは、佐藤先生のみならず咲代夫人と二人の娘さんであった。代務者以下衆僧は、佐藤家がそういう「開かれた寺」に真宗寺をして来た長い道のりがあったればこそ、この寺に寄寓したのだった。代務者はかねがね「財政を握らぬと思うようにやれぬ」と言い、ついに財政を握って佐藤家に一切の口出しを禁じた。佐藤家は一時お寺を去る覚悟もした。

私が新住職に招かれて、ここに掲げた話をしたのはそういう異常事態がやっと解決された直後のことである。開かれた寺としての真宗寺の伝統は、間違いなく若き住職によって継がれてゆくであろう。

私が佐藤先生から戴いた形見はお数珠のほかに、もうひとつ木刀がある。鍔のついた形のよい木刀で、熊商、つまり熊本商業学校の焼印がはいっている。むろん戦前の作である。先生は鎮西中学の出身であるから、どうして熊商の木刀が手許にあったのか。それは存ぜぬことながら、とにかく先生はそれを私に下さった。私が小学生の頃剣道をやっていたのをご存知だったのだ。以来、木刀はずっとわが枕頭にある。悪鬼が来れば渡り合うつもりだ。

熱田猛の思い出

旧友熱田猛君の遺作が『朝霧の中から』と題して美しい本になった。猛君が死んだのは一九五七年のことだから、四十六年後に遺作が再び世に出たことになる。わたしはずっと彼の生原稿を二本預かっていて、しまいこんでいた書類の中から、引っ越しなどの際にそれが現れるたびに、返していない借金を思い出すような重い気分になるのだった。その生原稿も今度の本で初めて活字にすることができ(『片隅の記憶』と『学用患者』)、大げさにいうと、これで思い残すことはないといったすがすがしさを味わっている。

猛君の遺作が一本に纏まるについては、秦重雄という人の出現が大きかった。この人は大阪の高校教師で部落問題の研究者でもあるのだが、三年ほど前、突然私に便りを寄せて、自分は『朝霧の中から』の作者である熱田猛に関心があり、熊本の図書館などを調査して、彼の作品をかなり集めているが、彼との関連で名が出てくる渡辺京二という人物はあなたであるかというおたずねであった。むろん、それは私である。その後秦氏は猛君の話を聞きに拙宅に来訪され、猛君や私といっしょに雑誌をやっていた杉野健一君宅も訪問されて、「新熊本文学」と「炎の眼」に関する資料と情報を収集し、既発表の猛君の主な作品を掘り起こされたのである。

私は五七年、猛君が死去する直前に宮崎県細島（現日向市）の彼の家を訪ねているし、葬儀にも出席したので、猛君の長兄であられる美憲氏、弟であられる実行氏とも、猛君の死後しばらくは連絡があったのだが、その後自分自身のあわただしい遍歴のうちにいつしか音信も絶え、猛君のご遺族がどこにお住まいなのかも知らなかった。ところが秦氏は美憲氏の所在も把握しておられた。私はやっと長年預かっていた猛君の原稿を美憲氏にお返し申し上げることができた。

二〇〇一年三月、美憲氏は現在お住まいの宮崎市に秦氏と私を招かれ、その際猛君の遺作の刊行について相談があった。多少曲折を経た末、結局私が本作りをお手伝いすることになり、〇二年の末に『朝霧の中から』三百部を上梓することができた。しかしこれは私の長年の友川原直治君の参加がなければ、とうてい不可能なことであった。製作費が限られている条件下で、あのような美本を作るのは、長年印刷業界で実績を積んだ川原君にして初めてできたことである。実は川原君は猛君の旧友の一人である。猛君の追悼会を熊本市で催したとき、当時人吉のコロニー印刷支所にいた同君は弔電を打ってきた。「ヒトヨシノキリハフカイガオヒルニハハレル　アキニハアエルトオモッテイタノニ　アア」。その川原君が猛君の遺著の製作を全面的にマネージしてくれたのも、いわゆる因縁というものだろう。

さてそこで、熱田猛とは何者かという話になる。そしてその話になると、一九五〇年代の私および私たちの古ぼけた青春を亡霊のように呼び起こさないわけにはいかない。これは必ずしも心すすまぬことである。というのは、おのれの拙い青春を羞じるような殊勝な気分ゆえではなくて（そんな殊勝さはとうの昔に擦り切れてしまった）、私という人間は過去を振り捨て振り捨てして、やっと生きてきたからだ。過去は常に自分を追いかけてきて、振り返りでもするなら身動きできぬ淵にはまってしまう――そんな気分でずっと生きてきた。第一、昔のじぶんはじぶんではないような気もする。

しかし熱田猛という人についてはこの際、しっかりと思い出しておきたい。おたがい、気持がきれいな頃のつきあいであった。一人のちゃんとした作家として彼の像が刻めないようなら、人を指してわが友などと呼ばぬことだ。なぜなら彼は二十六才で若死し、私ははるかに長生きした分、彼に返済することのできぬものを負うているからだ。

猛君とはじめてあったのは一九五三年六月六日である。古い日記を引っぱり出してみたら、その日の項に「夜、木田龍さんと会う。考えていたのと少し感じのちがう人」とあった。私は当時、結核療養所再春荘に入っていたのだが、ときどきは熊本市のわが家に帰ることがあり、その日もわが家で彼と会ったのである。木田龍と彼のペンネームで書いているのは、彼がその名で書いたものをすでに読んでいたからだろう。「考えていたのと」云々とあるのは、彼のことを姉から聞いていたことを示す。猛君は当時私とおなじ結核で、熊本大学付属病院藤崎台分院に入院中であり、熊大医学部付属看護学校の教務に勤めていた姉とまず知りあい、姉が私に彼のことを伝えたという順序になる。

姉は当時私と同様共産党員で、おそらく党活動の一環として猛君と接触したのであろう。猛君はおなじ病院に入院中の上妻善生君らと「くすの木」というサークル誌を出し始めていたので、すでに再春荘で「わだち」というサークル誌を出していた私に連絡をつけたかったのだと思う。そもそも猛君が「くすの木」を思い立ったのも、「わだち」というお手本を姉から見せられていたからではなかったか。私の母と姉は当時藤崎台の医学部職員寮に住んでおり、寮は猛君のいる大学病院分院のすぐ崖下にあったので、患者の猛君が病棟を脱け出してわが家を訪ねるのは造作もないことだった。

六月十四日の日記にはこうある。「姉が昨日もって来た木田さんのドラマをよむ。感心する。その感想を主に、木田さんに葉書をかく」。七月五日「姉来る。木田さんの原稿と『くすの木』創刊号を持って来てくれた」（当時の日記にはしばしば「姉来る」と記されているが、これはもちろん姉が定期便のように入院中の私を見舞ってくれたのである。今考えても感謝にたえない）。原稿というのはおそらく「わだち」への寄稿であろう。猛君はこの年の「わだち」に六月号、八月号、九月号と寄稿していた。七月八日「『くすの木への感想』を書く。木田さんにたのまれたもの」。

八月一日「夕刻木田さん見える。くすの木第二号受領」。二日「木田さん朝見える。一時間ほど話し、彼に案内されて植田さんをたずねる。中村友子さんも同席。二人とも初対面である。サークル活動についてしばらく語る」。この二日間は帰宅していて、猛君は職員寮に私を訪ね、私は彼に連れられて大学病院分院へゆき彼の仲間に会ったのである。七日「木田さんより手紙」。九日にはまた帰宅し、猛君たちと「わだち」の合評会をやっている。十五日「木田さんより葉書」。十九日「木田さんよりハガキ来信」。二十三日にはまた帰宅、「夕食後、熱田氏を病室に訪ね用件をすます。……八時頃熱田氏来る」。この日初めて猛君の本名を書いている。二十九日にはまたまた帰宅、「昼病室に木田さんを訪ねた時、彼の友人である東大の教養学部の学生がちょうど来合わせていた」。三十日「一時頃、木田さんが昨日の学生二人をつれてみえる。二人の汽車の時間が来るまで雑談。九大一年の坂本という人は無口。東大一年高橋尚弘氏は才気煥発型」。

この二人は猛君の高千穂高校時代の友人ではなかったろうか。猛君は生まれ年は私より一つ下だが、早生れなので一九三〇年生れの私と学校は同年。私の同級生はこの年三月に大学を卒業しているが、猛君は結核で高校が遅れたので、同級生は大学に入ったばかりだったのだと思う。九月五日また帰宅「夕刻木田さん見える」。九月十二日帰宅「夕食時木田さんがみえた。くすの木第三号出来上がっていた」。九月二十二日「木田さんより手紙。短歌同封」。二十五日「熱田さんに手紙をかく」。十月二十一日帰宅「夜熱田氏来る。退所してからの勉強など相談」。十月二十五日帰宅「午前中熱田氏を病室に訪う」。このあと彼といっしょに松川事件被告との会合に出席、「熱田氏が疲れたというので四時近く中途にて退席」。

六月に初めてあってからの三ヶ月間、猛君とかなり濃密なつきあいがあったことが日記からわかる。読者には何の興味もなかろうと知りつつ逐一引用したのは、猛君との交友の始まりを私自身確認しておきたかったのと、何よりも遺族の方々にこの頃の猛君の動静を知ってほしかったからである。それにしても療養所をしばしば抜け出して帰宅しているのにはわれながらおどろく。医師の外泊許可など、しかるべき理由がないととうていおりないので、この帰宅はみな無断外泊、当時の患者用語によれば「脱柵」であった（再春荘はかつて傷痍軍人療養所だったので、こういう軍隊用語が当時まで生きていた）。こんなに頻繁に帰宅していたのはすでに退所の心積りがあったからで、この年の十一月五日、私は四年半を過ごした再春荘を退所した。二十三歳であった。

退所してすぐの十二月、私は鳥取和男君、熱田猛君と三人で「文学ノート」という雑誌を出し始めた。つまり猛君は私が社会復帰してすぐに始めた文学運動の最初の同志だったわけである。この雑誌は四号まで出し、猛君は一号、二号、四号にエッセイを書いている。「文学ノート」の創刊は療養所にいるうちから、鳥取、熱田の両君と相談ができていたのだと思うが、私は再春荘を出たら文学運動のみに専心するつもりだった。というのは私は結核を発病する前、一九四八年三月に共産党に入党しており（十七歳だった）、再春荘に入所してからも一兵卒として党活動にすべてを注ぎこむような生き方をしてきた。しかし五三年に入ってから、自分の党員としてのありかたに深い疑念が生じ、自分を偽らないためには文学の仕事を通じてコミュニズムの理念を求めてゆくしかないと思い定めていたのである。当時の私は野間宏の著書『文学の探究』に自分の新しい途を見出していた。鳥取和男君は再春荘の党員仲間のうちで唯一、野間の同書に共感を示していた人で、それが接点となって私と組んだのだと思う。熱田君を仲間に入れたのは、この人が文学を本格的にやろうとしているのを感じとっていたからだろう。彼はこの年共産党に入っていたが、入院中ということもあって、特に党活動にうちこむことはなく、それよりも小説を書きたい、自分の思想的志向も小説を書くことで表現してゆきたいという望みがはっきり見てとれた。それが私が彼と組んだ理由だったと思う。私もたんなるサークル活動などではなく、文学を本気でやりたいと思っていた。もともと私は大連第一中学校二年のころ詩というもの、ひいては文学というものに開眼し、三年生から四年生にかけては詩と短歌ばかり書いていた。自分の行き末には一所不住の詩人の境涯しか夢見られなかった。マルクス主義の洗礼を受け、党に入るに及んでそういう夢は抑圧されたが、党への疑念が深まるにつれ、もともとの生地が表われたのである。

もっとも私はただ自分のこととして文学をやろうというのではなかった。文学と革命の統一という当時の夢にご多分に漏れず憑かれていたわけで、それに再春荘時代没頭していたサークル運動の理念も捨てきれず、サークル運動という大衆的基盤に立った本格的な革命文学創造といった空しい目標が、当時の私にとって〝革命〟につながる心細い一本の糸だったのである。そういう私にとって、猛君はうってつけのパートナーだったわけだ。

初対面のとき「考えていたのと少し感じのちがう人」と日記に書いたのは、猛君と私の間に多少のちがいがあったからかも知れない。彼が一九五五年六月、医療費の関係で宮崎県細島の家へ帰るまで、主としてともに雑誌を出すという関係でずいぶん密接に接触していて、その間文学についての考え方、運動についての方針などはずっと一致しており、その意味で彼は私のもっともよき同志だったけれど、個人的な面ではそれほど打とけたというわけではない。というのは、共産主義者としての私からみれば、彼はあまりにもジュリアン・ソレル風、つまり個人主義的に思えた。私がそれこそピューリタンのような〝共産主義的人間〟であろうとしていたのに対して、彼には若くして人生のいろんな面を知ったような翳があり、さらには病状が重いこともあってか、人なつこい反面、時には人をつきはなすようなニヒルな屈折がみられた。当時フランス映画のトップスターだったジェラール・フィリップに似た美貌で、額にかかる長髪をはらりと払いのける仕草が今でも思い出される。彼が高校時代演劇活動をやっていたのは知っていたが、演劇という場で演出家が放つ独裁者的カリスマ的な光彩が残光として彼の背後にたゆたっていた。要するに彼は共産主義者らしくない文学青年であった。マルクスや毛沢東もそれほど読んでいたとは思えない。

彼からすれば、私はあまりにもかた苦しい理論家に見えたかも知れない。彼は酒も飲み、女についてもかなりの経験があったはずだ。ところが当時の私は「渡辺の前で女と酒の話はするな」といわれるほどの金無垢の（言い換えれば阿呆そのものの）世間知らずであり、今は人間学研究会の一員としてつきあって下さっている北口禎子さんによれば、「おそろしくてとても近寄れたものでなく、敦子さん（亡妻）はよくあんな抜き身の剣のような人と結婚なさるなと思っていた」というくらいのコチコチであったから、猛君としては、私は文学や運動面ではよき話し相手ではあっても、恋愛もふくめ自分の個人的問題について語り合える相手ではなかったのだろう。そういう自分の一面を包まずに見せる相手は上妻善生君であったようだ。上妻君は五高で私より一級上の人だが、藤崎台分院に入院中猛君の親友となり、その後熊大医学部に復学、今は東京都で精神科の病院をやっている。猛君の当時の恋愛問題については私の日記にも多少の記載はあるが、詳細を知っていたのは上妻君だと思う。

「文学ノート」が四号で中絶したのは、五四年の春私が新日本文学会熊本支部の再建にのり出したからである。新日本文学会は今でも存在し、雑誌「新日本文学」も刊行されてはいるが（注記・二〇〇三年当時）、すっかり影が薄くなっているので、今の読者には説明が必要かと思う。新日本文学会とは戦前のプロレタリア文学、それも「戦旗」派系統の文学者が、戦後の状況にあわせて運動を再建、拡大したもので、中野重治と宮本百合子が会の顔ともいうべき存在だった。要するに共産党系の文学運動だったのだが、戦後一時期はかなりの影響力をもっていた。会は作家、評論家、詩人等々、専門的な書き手の団体ということになっていて、支部を構成するには三人以上の会員がいる。熊本に新日本文学会の支部が出来たのは、一九四八年の九月である。会の書記局から菊池章一がオルグにやって来て、それまで一人の会員もいなかった熊本で何人かの書き手らしい人間を選抜し、支部を成立させたのである。私はまだ十八歳だったが会員になった。というのは、この春私は歳上の党員たちと新日本文学友の会機関誌「地層」、さらにそれを改題した「文学の友」一号、二号を出しており、編集後記など書いていることからすれば、どうやら動きの中心にいたらしいからである。菊池章一といっても、今日では誰も知るまい。荒木一郎の父親といえば早分かりだろうが、当時はキクチ・ショーイチと表記し、小田切秀雄につぐ俊秀評論家として会を代表する存在だった。

支部からは機関誌「文学航路」が刊行され、これには私も今からすれば赤面の至りのような勇ましい論文を書いた。しかし私は四九年五月には熊本市より十キロ離れた再春荘に入所したので、熊本支部との関係は疎遠になり、その後の成りゆきはよく知らない。ただ入荘中に新日本文学会員として容易ならぬ問題にぶつかることになった。日本共産党は一九五〇年、深刻な党内闘争の結果、主流派と国際派に分裂し、やがて国際派は分派として除名された。新日本文学会は中野重治以下ほとんどが国際派に属したので、荘内で「新日本文学」友の会を組織し、会誌「わだち」を出していた私は、新日本文学会と絶縁するか、それとも分派として除名されるかという岐路に立たされた。すでに主流派系の「人民文学」が徳永直などによって創刊されていた。私は「新日本文学」を否認し、「人民文学」を支持することで、党員として生き残った。

先に一九五三年には、私の心中に党のありかたについての疑念が生じていたと書いたが、その頃には主流派の〝極左冒険主義〟の破産は誰の目にも明らかになっており、国際派との関係修復もすすんで、「新日本文学」を購読したり所持したりすること自体が反党行為とみなされるようなことはなくなっていた。それに私はこれも五四年当時の日記に書いているように、いつ党を出ても構わない心境になっていた。主流派が構築してきた党のありかたが絶対という思いこみはすでになかった。コミュニストとしての信念は揺らがなかったけれど、現存する党がそのまま真のコミュニズムではないと思っていた。それに何よりも、「新日本文学」を中心として文学運動の統一を回復するしか、コミュニストとしての文学的実践の途はないと信じていた。

そんな訳で再春荘を出るとすぐに新日本文学会熊本支部なるものを訪ねてみた。おどろいたことに、それは松山夫妻の経営するプリント印刷社だった。五、六年前私が五高生として党活動をしていたころ、夫妻は党の北部地区委員で、文学活動とは何の関係もない人たちであった。やがて事情がわかった。松山夫妻は五〇年の党分裂の際、国際派として除名され、新日本文学会熊本支部は彼ら国際派のよりどころとなっていたのである。支部といっても会員は、戦前からプロレタリア詩運動に参加していた舛添勇氏ただ一人、規約からしても支部は成立していなかった。私が出入りし始めた五四年早春のころは、松山夫妻のまわりには除名組が数人いたが、グループの中心は荒木三千夫氏であるようだった。この人は新劇活動をやっていて、もともと党員でも何でもなく、その後まもなく上京して新制作座に加わり、一九五八年頃帰熊してRKKのプロデューサーとなり才腕を振るった人である。この荒木氏が連れて来たごくふつうの女性たち（その中には私の妻となった織田ひろ子＝本名岩下敦子がいた）、それに熊大の学生が数人。要するに当時盛んだった歌ごえ運動のサークルみたいな雰囲気だった。「新熊本文学」という名の機関誌が出ていたが、刊行は七号でとまっていた。その七号が出たのは五三年六月。再春荘で「わだち」の月刊化を実現していた私としてはいったい何をやっているのかという感じだった。

しかし私はこの集団を場として選択した。というのは当時「人民文学」系の雑誌として出されていた「熊本文学」は、党の常任くずれのような連中が集まって、スローガンみたいな詩ばかりのせる全く非文学的、かつ党の別働隊というべき雑誌であったばかりでなく、そのメンバーは党の権威をバックに、私たちの「文学ノート」の創刊にすら圧迫を加えて来ていたからである。「新熊本文学」の方にはそういう政治的な空気が全くなかった。国際派的な匂いもなく、松山夫妻は、それまで党とは何の因縁もない素直な進歩派志向の若い男女に囲まれて、好々爺（婆）然と収まっていた。

私はまず支部の再建から始めた。当時は田舎そのものの津久礼で紙芝居屋をやっておられた舛添氏を訪ねて一任をとり、熊本市教育研究所の吉良敏雄氏に入会を勧誘した。これで三人会員がそろい、支部が成立した。もちろんこれは支部として規約上の形を整えただけで、これまで「支部」に集まっていた人々に新しいメンバーを加え「新熊本文学」を月刊化するのが本当の課題だった。八号を五四年の五月に出した。

以後毎月きちんと刊行が続いたが、問題は誌面の充実で、これには新しい書き手に加わってもらうしかなかったし、私の努力ももっぱらそこに注がれた。小説では深沢烈子、椿俊作（中畠文雄）、詩では今村尚夫、きくなが・りん（本田啓吉）、徳丸達也の諸氏が新たに加わり、誌面は活況を呈したが、その中でひときわ頭角を現したのが猛君だったのである。

月刊化された「新熊本文学」に、毎号私はもっぱら評論、それも文学運動としての「新熊本文学」の方向づけに関する論文を書いたが、文学運動というのは作品を生まねば話にならない。上記の諸氏の小説や詩は質のよいものであったけれど、運動がひとりの作家を生んだといったふうなインパクトには欠ける点があった。戦前のプロレタリア文学運動は小林多喜二を生んだゆえに〝文学〟運動でありえた。猛君はいわば「新熊本文学」の小林多喜二として、力作をたて続けに発表して周囲を瞠目させたのである。紛れもない作家の出現がそこに感じられた。

猛君はすでに五三年、「くすの木」創刊号に小説『おふくろ』をのせ始めており、この私の知る限りでの彼の小説第一作は六号まで連載されて完結した。「くすの木」は今日入手不可能な幻の雑誌になっており、この作品を読むことはできないが、私の記憶では、達者に書けているものの習作の域を出るものではなかったと思う。五三年十二月十日の日記に「木田氏の『おふくろ』を読み返し、その批評を『おふくろとレアリズム』という文章にまとめる」とあり、この私の文章は「くすの木」にのせたのかもしれない。

これも「くすの木」にのった作品で、今日見ることはできぬが、五四年九月、同誌十二号に発表した『外人宣教師』が、本格的な小説の第一作だったような記憶がある。「新熊本文学」への登場は意外におそく同年十一月号に『小さな事件』がのった。小品だが秀作だった。十一月には新日本文学会の会員にもなっている。しかし何といっても熱田猛の名をまわりに強く印象づけたのは「新熊本文学」一九五五年一月号、二月号に連載した『現代の使徒』百二十枚である。彼自身の日向中学での体験にもとづいて、ミッションスクールの欺瞞的な実態を描いたこの作品が、少なくとも私に「作家出現」という感想を抱かせたのは、主題とか方法とかを越えて、この男は将来プロの作家になる奴だと思わせる〝小説家魂〟を私が感じとったからである。

私の予感は当たった。「新熊本文学」は五五年三月、「熊本文学」と合同して新熊本文学会の発行となり、活字印刷・月刊の「新熊本文学」に衣替えしたが、猛君は同誌六月号に『黒い片隅』、八月号に『招かれざる客』、十一月号、十二月号に『ドメニコ・マエストロ』、さらに一九五六年、三、四、八、九月号に『朝霧の晴れる頃』二百五十枚を連載して、衆目の認める「新熊本文学」の代表的作家となった。そればかりではない。『朝霧の晴れる頃』は改稿されて『朝霧の中から』となり、「新日本文学」一九五七年二月号と三月号の巻頭を飾った。そして当時の文芸批評家の第一人者ともいうべき平野謙が二月十九日付「毎日新聞」の文芸時評で、この作品を今月のベストスリーのひとつに選んだのである。

一九五五年は猛君にとってまことに多産な年だった。『朝霧の晴れる頃』も執筆はこの年の暮れに終わっている。翌五六年は短編『少女』(「くすの木」十七号)を書いただけであるが、実は『心のうた』という一二四枚の作品を仕上げながら破棄、『二人』と題する作品も中途で放棄といったふうに、彼自身作家としてさらに飛躍するための苦しみを味わっていたようである。この年は結局『朝霧』の改作が最大の仕事だった。

翌五七年、私は上村希美雄、杉野健一、上妻善生、藤川治水、中畠文雄らの諸氏とともに新熊本文学会を脱会、新たに雑誌「炎の眼」を創刊した。猛君もわれわれと行をともにした。猛君がその創刊号に書いた小説が『残り火』である。必ずしも成功作とはいえず、この年猛君は『招かれざる客』を改作して『学用患者』に、『黒い片隅』を改作して『片隅の記憶』にといったように、それまでの自分の仕事を顧み整理する仕事にむしろ精力を傾けていた観がある。

五五年六月に猛君が宮崎の自宅で療養するようになってから、私との間にはかなり頻繁な文通があった。当時の日記に私は、一番多く手紙をかいているのは熱田君と敦子だと書いている。敦子（亡妻）とは婚約中だったからこれは当然だとすると、友人中猛君ともっとも文通が繁かったことになる。彼と私とは最初から作家と批評家（あるいは理論家）の関係だった。彼は「文学ノート」、新日本文学会熊本支部、新熊本文学会、「炎の眼」というように、運動面では私と全く進退をともにしてくれたが、それは作家として自分が伸びてゆける場について、私を信頼してくれるところがあったからだと思う。第一作『おふくろ』以来、彼は自作に対する私の批評を尊重してくれていたようだ。私がその点で彼にどれだけ益することができたか、顧みれば心許ないかぎりだが、いろいろと互いに刺激を与えあう関係は確かに持てていたと思う。

猛君は自宅の構内に小舎を建ててもらい、そこで起居していた。当時熱田家は手広く材木業を営んで裕福であられたし、家族の人々からも大事にされて、いわば恵まれた療養生活ぶりだったけれど、文学について語り合う友人がまわりに一人もいないというのは相当つらいことであったようだ。五七年に入ってから、彼は来春には何とかして熊本へ出ると私に告げるようになっていた。

五七年八月末、私と上村希美雄君は細島（現日向市）の自宅に彼を訪ねた。日記には、三十一日二時富高駅に着くと、猛君が迎えに来ていて、バスで彼の家へ行き「だらだらと話し、ねたのは十二時」とある。翌九月一日、「裏が山だ。蟬が鳴く。熱田さんとは二年ぶりに会うが、その間勝手に彼の像を改変していたようだ。感じのきつい人だったんだなと思いかえす。……夜熱田さんと港にゆく。材木の積まれた黒い港。熱田さん小山嬢のことなど話す」。この小山嬢というのが在熊時代の彼の恋人だった。今考えてみれば彼はこの頃相当に体調が悪く、精神的にも苦しんでいたのだと思う。一昨年、長兄美憲氏の夫人田鶴さんから猛君の思い出話をうかがったが、それによれば猛君はいつもにこにこして、家族の者に気を遣わせることなど全くなかったという。私には心底の不機嫌を正直に見せてくれたのかと思えば、しんとしたものが湧く。九月二日「六時起床。熱田さん駅まで送ってくれる」。

十月十二日の日記。「熱田さんより、心臓機能悪化と腎臓肥大のため先月中旬入院し、危機線上を彷徨した旨葉書来。彼の健康につき私らの認識のたりなかった点が反省される」。そして十月二十七日、突然彼の訃報がもたらされた。その日の記述。「熱田猛君死す。朝まだ床の中でこの報を聞いた。知らせてくれたのは、上妻君だった。今日の三時ころだったらしい。彼のところに電報があり、つづいて電話があったとのこと。午前中は校正の用があったので、それをすませて（上村氏に会いに）図書館に出かけたが、途中で上村さんに会う。彼は私を訪ねる途中であった。彼に杉野君へ連絡してもらい、上妻君にも来てもらって相談。明日四時半の汽車で四人づれで発って彼の家に行くことにきめる。彼の友人はわれわれだけであったのだから、やはり行かねばならない。肉親は別にして、彼のことを本当に考え、彼の死を本当に悼むのは我々しかいない。そして肉親の愛は肉親の愛であり、我々の間の友情はそれによって代えられぬものなのだ」。

おなじく日記の記載から。「二十八日午前四時半、都城行き列車に乗る。午後二時四十分、富高着。弟の実行さん出迎えてくれる。熱田家に着き、長兄、お父さんから臨終の様子をきく。焼香。夜、上村氏のみつとめの都合で先に帰る。新日文より弔電来。二十九日、朝食後、猛君の小舎に行き、書類を整理。未発表原稿はない。日記三冊あり。二時より葬儀。私の書いた弔辞を上妻君が読む。三時バスで寺に向い納骨。夜会食。すんでから実行君とも四人で港を散歩。十二時に就寝。三十日、七時半に起き伊勢ヶ浜という海岸に行く。実行君、やす子さん、勝代さんら同行（正しくは康子、カチ代。猛君の妹さん）。帰って朝食の後昼寝。のち猛君の蔵書整理。バスで駅に六時前つく。実行さん、上の兄さん、やす子君見おくり。六時二十分の下りにのる。猛君の死因はやはり弁膜症であったらしい。肺はかなり落ち着いていたそうだ。急にけいれんが来ての臨終で、いいのこすこともなかった。入院直前の日記に、絶対的孤独について書いてあったことが特に心にのこった。彼の戦いの生涯、尊敬する。苦しかったであろうことを思うと涙が出る」。

もうしばらく当時の日記から。十一月三日「夜熱田さんの日記をざっと読んだ。悪戦苦闘というにふさわしい記録。何という絶望と苦しみ。これ程の困難な日々の連続とは想像出来なかった。手紙にはやはり明るい面、努力している面のみが出ていたのだ。仕事にうちこんだ面だけが表れている彼の手紙からは、こんな焦燥と不安と苦痛にみちた内面生活を窺うことは出来なかった。体もずっと悪かったのだ。私の力は足りなかった。九月会った時なぜもっと心を開いて語らなかったか。心残りでならぬ。何とも救われぬ暗い日記だ。しかしこれが彼の最高の作品であるかも知れない。『書くことで命をすりへらしたという感じだ』と上村さんは云った。同感」。十一月九日「夜産業館二階ホールにて猛君追悼式。……司会はしくじるし、話し合いの時には泣いた。醜態の極」。十日「実行君（追悼会出席のため来態）、上妻君三時ごろ来る。出かけぎわに杉野君も来て、四人でお城に行く」。実行さんは十二日まで滞在して、猛君の旧友たちと交流して帰った。

いま遺作集を手にして改めて思うのは、猛君が生まれつきの作家だったということだ。先に述べたように、「新熊本文学」には彼のほかにもいい作品を書く人はいた。しかし彼らはいわば日曜作家であり、よい意味でのアマチュアとして満足する人たちだった。今の私は、脚光を浴びることを求めず、自分の生きる証しとして作品を書いてゆく、そういう慎しい無名の作家たちの存在意義をずっと重く受けとめるようになっている。だが二十代の私は、たとえ自分の雑誌が地方の無名の存在であろうとも、日本近代文学の全体を革新するような展望と課題を荷っているものと自負していた。従って私が仲間として求めていたのは、既成文壇も評価せざるをえないような力量をもった、いわばプロの作家の出現であり、猛君はそういう私の願望に実作をもって応えてくれたのである。猛君はプロの作家になるべき人、いや実際にプロの作家としての門途にすでに立っていた人であった。彼自身少なくとも『朝霧の中から』を仕上げた段階では、作家として立っていく強い自覚と自負を持っており、それゆえにこそ焦燥や不安も深かったのだと思う。

この度の遺作集には五篇の作品が収められているが、その選択は妥当で、猛君の遺業をほぼ代表するに足る。欲を言えば、カトリシズム批判の系列を成す三作のうち、どれかひとつでも収めれば完璧だったと思うけれど、費用の面から仕方のないことであった。遺作集を上梓するに当たり、私は校正のために収録五篇を三度丁寧に読み返したのだが、とにかくよく書けているのに感心した。いずれも若い作家の習作というのではなくて、すでに出来上がった作家の完成度の高い作品なのである。彼がこれらの作品を書いたのは二十三、四歳の頃であり、その才能もさることながら、何よりも彼がすでに作家としての天職的自覚を確立していたことに驚嘆する。骨身を削るような推敲・改作もその自覚のなせる業であった。小説というものへの心血の注ぎかたにおいて、彼はすでにサークル誌レベルの書き手たちを決定的に引き離していたのである。

彼にとって小説家が天職であったというのは、彼が生まれつき物語を作る人だったからである。物語を作るというのは、ある人物になりきることを意味する。この度彼の五つの作品を精読して、私は彼の変身能力に感嘆した。生まれつきの作家とはこういう人のことを言うのだと思った。彼にとって小説は若いうちはそう思いこみがちな自己表現ではなかった。それは何よりも想像を紡ぐいとなみであった。彼は小説の主人公に己れをそのまま託すことはなかった。嫌いな人物、自分とは異質な人物になりきることができた。たとえば『朝霧の中から』の女主人公はかなりヒステリックで自己執着が強く、自己劇化の好きな人物である。私はとうてい好きになれぬタイプであり、熱田君もこういうタイプの女に関心はあったとしても、心からシンパシーを感じていたはずはない。そういういわば分別を欠いた一種の莫迦女を主人公にして迫力にみちた小説を書くことができたのが熱田君である。自分の好悪を越えて、この女に熱田君はなり切っている。私にはとうてい出来ないことで、だから私は小説が書けなかった。

あるいは彼は小悪魔めいたコケット、自分で自分に暗示をかけてゆくヒステリー気質の女に惹かれることがあったのかも知れない。しかし、そのこととそういう女になり切るというのはやはり別のことだ。この小説で一番凄いところは扶美子が警察に呼ばれ、特高係の前で自分のコントロールを失う場面である。彼女は熱にうかされたように、自分の意に反して、この際とるべきのとは全く逆の言動に突き動かされてゆく。この少女は自分のうちに何か反抗のエネルギー、もっと正確にいうと破滅への衝動を蔵していて、その衝動に支配されておのれを失うのは、彼女にとって恐怖であると同時に快楽でもあるのだ。このシーンで熱田君は有川扶美子というかなり特異な性格の女になり切ってしまっている。野間宏は「文学」一九五九年二月号の「部落問題と文学」と題する座談会で、「あなたと呼びかけられているのが作者であって、この小説のモデルになった女の人がいたのではないか」と語っており、その推測は全く当たっていないけれども、そう思わせるほど、作者の主人公への変身は完璧であった。『片隅の記憶』はむろん、書記としての高千穂警察署勤務という熱田君の経験から生まれた作品であり、米軍輸送機の墜落に始まる米軍物資事件など、彼が自ら見聞した事実がふんだんに取りいれられているのは確かだ。しかし主人公の少年はそのまま作者なのではない。主人公は「かぞえの十七」ということになっているが、熱田君が実際書記勤務をしたのはかぞえの十五のときである。しかしそんな違いよりも、当時の猛君がどうだったかは別として、主人公の少年はわざとかなり幼い人物に設定されているように私には思える。私なら少年をもっと早熟な自己意識を持った人物に設定したいところを、猛君は自分と切り離してわざわざナイーヴな性格に仕立てている。ここでも彼は自分と違う一個の少年を創り出し、それになり切っているのだ。

彼には挿話を作り出す天成の才能があったと思う。『朝霧の中から』で問題の発端を学芸会の日本舞踊に設定した巧みさ、さらに扶美子の夫が何度も禁酒の誓文を書くくだりの真に迫りかた、こういう話群を楽々と創り出し適切に配置してゆく能力において彼はすでに一家をなした作家の域に達している。むろんこれはストーリー・テラーの才能であって、むしろ通俗に陥る危険さえはらみかねない。扶美子が門村少年を誘惑して恥をかかせる挿話など、達者な作りすぎの一例だろう。総じて扶美子が絶望から次々と男を渡り歩くという設定は、結婚後門村と再会して以来の、理屈屋と言っていいほど理性の勝った彼女の人柄にそぐわないが、それもそういう筋立てがすぐ頭に浮かんでしまう才能のゆきすぎと言えないだろうか。

だが猛君には、たんなるストーリー・テラーに堕さぬ作家としての核があった。それは性格を創造するという使命であって、彼の全作品を貫いているのが、いかにして一個の人間を丸ごと浮かびあがらせるかという関心だった。彼は作中人物をストーリーの展開に都合のよい木偶としては扱わなかった。むしろある人物の存在的な全体性への関心から、物語を作りあげていった。だから彼が描いた人物は二十三、四歳の若輩が描いたものとは思えぬほどみな生きている。扶美子の夫柳田哲二はけっして卑劣で自分勝手なだけの男として描かれてはいない。柳田自身の苦しさがわかるように描かれ、それを通じてこの男のいささか奇妙な性格もユーモラスに浮かび上がってくる。『片隅の記憶』においても、警官たちの権力をかさに着た冷酷さや保身術が容赦なく描き出されると同時に、それぞれの人間味をもつ性格が的確に描きわけられている。被疑者に対してもっとも嗜虐的である谷村部長が、軽トラックに乗って、マイクのテストを行う無邪気なシーンは、この人物の全体を照らし出して、あたかも神が造ったような仕上がりである。まさに作家熱田猛の勝利の一瞬であった。

『学用患者』の老人も、そのしたたかであわれな二面性において、この男の過去を深い淵からよび起こすような描き方がされているし、『小さな事件』においても、主人公の立場から倉沢という人物の鼻もちならぬ強がりが語られる一方、この少年への態度を通して主人公の性格が逆にあぶり出される結果になっている。付言すれば五篇の作品のうち、この度私がもっとも感心したのがこの『小さな事件』である。無駄がなく実にうまい。「とにかく、私はひどく、いまいましい気持でその話を聞いた」という最後の一行は、老成した作家の一行であろう。この作品を書いた時、彼はわずか二十三歳だった。そして私は、この短編の主人公が実際の猛君の面影を濃く宿していることがなつかしい。

このように人物を全体としてとらえようとする猛君の志向は、根本のところで彼の文学の倫理性と結びついている。彼が人物たちを一方的に悪玉として、あるいは嫌悪すべき存在として造形することがなく、必ずシンパシーを働かせるような視線でとらえているのは、ひとつには彼の生得のやさしさであろうが、やはりある人物をそのような性格として形成したのは社会のありようだという認識を彼がもっていて、性格を通して社会のゆがみを明らかにしてゆこうとする方法をとったのだと思う。つまりそれが彼の作品のもつ倫理性なのである。彼はその短い閲歴からしても、不正や欺瞞に強い怒りを覚えるような反逆的性向を自らのうちに養っていたし、事実作品においても、警察の権力的体質や、病院の制度的なゆがみや、原爆の反人間性など、いわゆる社会的な告発を一応主題にはしている。だが彼の作品がそういう社会的テーマに終始するものであったなら、今日私たちの前にそれらが強い生命感をもって甦ることはなかっただろう。

彼が一時期共産党に入っていたのは事実だが、前記したように党活動に専心したことはなく、とくに宮崎へ帰って後は党との関係も切れていたはずで、私が一九五六年に離党したあとは、実際にその手続きをとったか否かは知らぬが、彼も党をすでに離れた気分であったと思う。党員という立場は彼の作品にほとんど影響を及ぼしていないので、その点から見ても彼は何よりもまず文学者であり小説家だったといわざるをえない。彼の作品の思想性は社会的な問題をとりあげたとか、党員作家としてのイデオロギーなどに存在するのではなく、人間というものを社会によってゆがめられた哀れな弱い生きものとして表現する点にあった。

もちろん人間は一方的に社会から形成されるのではなく、そのような作用を受けながら、それを突破して自ら自分を形成してゆく能動性に生きるものであろう。それは当時の左翼的な人間像の常識であり、猛君もそのような能動的な自己形成を作中人物に課題として課していたはずである。すでに形成された性格において社会の影響を看破してゆくというのが猛君の作品がもつ倫理性の一半だとするなら、そのような社会の作用を突破してゆく自己形成への関心がそのもうひとつの一半であった。『朝霧の晴れる頃』が『朝霧の中から』へ改作され、『暗い片隅』が『片隅の記憶』へ改作されねばならぬ理由であった。

前者においては、自殺するはずの扶美子が生きようと思い返すことになり、後者では、警察の自転車を売りとばして逃げるはずだった豊が、これまた思い返して警察勤めを続けることになった。そのような回心を納得できるものにするために、両作ともいちじるしく思弁的な自己省察が書き加えられ、そのことによって作品の厚みは増したかも知れぬが、同時に重苦しさとくどさを招く結果になった。それだけではない。主人公たちが積極的な生き方にたどりつく上での触媒となっている門村俊輔と石井キミ子は、猛君には珍しく人物として全く生命感のない存在、ただ主人公と問答して主人公の決意をひき出す便宜的な存在にとどまっている。しかしかなりの無理をしても、作中人物をそのように積極的な方向へ立ち向かわせようとするのは、当時の思想的風潮からしてやむをえぬことであったろう。

私はかつて人に、猛君が生きていたら五味川純平のようなタイプの作家になっていたのではないかと語ったことがある。このたび作品を読み返して、そういう私の思いこみは全くの盲断であるのを知った。彼は決して社会派作家ではなく、人間の生きる上での問題を内面へ内面へと潜りこんで追求するタイプの作家だったのである。

野間宏は前記の座談会で、『朝霧の中から』が「周囲の人とのギャップ」を「意識分裂」ということにしていると不満をのべ、開高健、杉浦明平、松本清張もこの作品における部落問題のとらえ方は今や古いのではないかと一致した感想をのべている。私はこの作品が部落民差別をテーマとしていることに異存はないし（作者自身が「炎の眼」誌上でそう述べている）、部落問題の扱い方がこの作品の評価のひとつの軸になることにも異議を唱えるつもりはない。野間の発言も、部落問題の今日の実情を描くには、この作品がとっている自意識の追求という方法は適切でないという趣旨だとすれば、それなりに当たった評言であろう。

しかし私は部落問題を扱った作品として、『朝霧の中から』をどう評価すべきかといったことには、今や全く関心がない。そういう評価の仕方はあってもよいが、それだけならこの作品も猛君もかわいそうだという気がする。私は最初からこの作品は熱田君のある内面のモチーフを吐露した特異な恋愛小説だと思っていたのである。私には熱田猛論を書かねばならぬという責任感があって、早くから日記にそう記していたが、一九六一年九月には「炎の眼」同人たちと「熱田猛研究」という冊子を出すことを計画、猛君の作品も読み返し、九月二十日の日記にこう書いている。

「夜『朝霧の晴れる頃』(新熊掲載)を読む。やはり感動あり。これはいわば『マノン・レスコオ』のごとく読むべき悲恋小説なのであろう。むろんテーマが部落問題だということを否定するのではない。しかし部落問題についての本当の追求はない。それはそうと、通俗すれすれまで行きつつ一種の傑作になっていると思う」。また二十一日の項には次のようにある。「熱田君の小説『朝霧の中から』を読む。『朝霧の晴れる頃』より改悪されていると思う。改作の方を読むのははじめてで、意外な発見におどろく」。二十四日には熱田猛論を書き出しているが、その後放棄。「研究」も結局出なかった。

この小説を部落民差別の不当さを訴えた悲劇と読むならば、その意義は歴史的なものにすぎない。この作品に描かれているような差別のありかたは、当時これを読んだ私たちにとって何も目新しい点はなかった。『破戒』は誰もが読んでいたし、また『破戒』を批判する解放運動の視点もすでに馴染み深いものにすぎなかった。部落問題と天皇制の結びつきも、作中で弟の行雄が言っているように常識であった。この作品を部落民差別は当事者をこんなに苦しめるのだぞといった小説として読むならば、何をわかりきったことをと言いたい気持に当時でさえなったであろう。

この作品で作者は差別を目に見える露骨なものではなく、表面に現れずに隠微な形をとり、その分だけ露骨な迫害よりもいっそう被害者を苦しめるものとして描いていて、そこに作者なりの工夫があったことは確かだ。そして、今日のように差別に対して過敏な時代にあっては、隠微な差別という観点は、あの当時よくもそこに気づいたというふうに賞賛されてしかるべきなのかも知れない。

しかしそれでは、この作品は全く社会的啓蒙の点から評価されることになってしまう。啓蒙も文学のひとつの機能かも知れないが、しょせん時代とともに古びるものであろう。それにしてはこの小説は、今読んでも一種妖気をはらんだような迫力をもっている。当時もそうだったが、この度も私はこの作品の文章のトーンに第一行からひきこまれた。そしてその妖気をたたえた迫力は、何よりもこの作品が自殺者の手記だということから来ているのである。この小説が一行目から読者をひきこむのは、自死へ赴こうとしている人間が、一切が終わった地点から自分の半生を顧みているからで、そのことは最初は読者にはわからないにせよ、その哀切でありながら醒めた意識が生む沈痛なトーンがまず、ただごとならぬ感じを読者に与えるのである。

自殺とは狂気である。むろん狂気が人間の常態である以上、自殺も世の人の常といえないことはない。しかし世の日常から全く逸脱させるようなエネルギーに捉われることなしには、人は自殺を想いはしても実行はできないのではないか。そういうエネルギーの生じる源として〈不可能な恋愛〉が存在するのは、古来数々の事例が証ししてきたことであろう。熱田君は渦巻きから目を離せず、ついにはそれに巻きこまれてしまうような狂気じみた情熱を描きたかったのだと思う。その渦巻きはたまたま部落民差別であったが、それに魅入られて破滅する情熱は恋愛という狂気、あるいは正気だったのである。狂気が正気だというのが扶美子の悲劇で、猛君にはどうしてもそれに捉われざるをえない理由があったのだと思う。

この小説の迫力は、いわば扶美子の自殺へ向かうエネルギーにあるのだが、いったい彼女はなぜ自殺しようとするのか。柳田との泥沼のような結婚がたえられぬのなら離婚すればよいのである。梅毒という病はいくら悪質であっても治療すればよいのである。回復のみこみのない重症の結核だからといって、それで自殺する人間はいない。死ぬときまっていてもその時までは生き抜くのが人間である。部落民差別がいかに理不尽で腹立たしいからといって、それで自殺せねばならぬような世の中ではもはやない。扶美子が自殺しようとするのは自分を十分に生かしてゆくことができる恋愛に初めて出会いながら、その恋愛が不可能なものとして彼女に拒まれているからである。

平野謙の批評以来、女主人公に部落出身という苦しみを負わせたその上に、梅毒という悩みを加重したのは、いくら何でもやりすぎだという感想が絶えないが、もし扶美子が梅毒にかかっていなければ自殺せねばならぬ理由は何もなく、この小説は根本から成り立たぬのである。扶美子に梅毒にかからせたのは、この作品が成立する上での絶対条件であった。

扶美子は門村俊輔との愛をかちえることによって、それまで煩悶と絶望からわれとわが身を傷つけてきたような半生から抜け出し、自分を生かしてゆける可能性を見出したのだが、梅毒にかかっている彼女は俊輔を愛すればこそ彼と性関係に入ることができなかったのである。俊輔と性愛を伴った愛を全うできない、つまり結婚の可能性がないということが、新生への希望があまりに明るかっただけに、一転して扶美子を新たな絶望に追いやった。彼女がそれまでの自棄的な生活から立ち直るきっかけをつかんだとき、過去の自棄のむくいが立ち直りを不可能にしたのであって、このアイロニーを描くことに精根をこめている作者としては、扶美子は絶対に梅毒にかかっていなければならなかった。彼女が単に部落出身ということだけなら、結果は俊輔との結婚による新たな門出という、めでたしめでたしの物語にしかならなかったからである。

そうしためでたしめでたしのお話にどうして作者はしたくなかったか。言いかえれば、どうして彼は扶美子を自殺させるため、梅毒という条件を加重しなければならなかったのか。部落問題の深刻さを啓蒙したいだけなら、そんな条件は必要ではなかった。彼は生きることの重さに押しひしがれながら、それでも狂気のように生きたいと這いずりまわり、そのことの苦しさから死の淵に追いやられていく狂気に近いエネルギーの姿にひきこまれたのだ。というのはそれは彼自身の現実の姿であったからだ。むろん彼は自殺を考えていたのではない。しかし「自殺もなく革命もないとは今の自分のことだろう」と一九五六年六月の日記に書いたとき、自分の中に自殺をするまでのエネルギーはないと感じた分だけ、ひたすら自死に向けて突き進む負のエネルギーに魅入られたのだと思う。なぜなら死に向かう狂気は、生へ向かう正気でもあるからだ。扶美子にとって自死は狂的な衝迫なしには決行できぬ事柄だったが、その狂気はよりよき生をこいねがってやまぬ正気のあらわれでもあった。女主人公が死のうとしている人物だということは、この小説の欠くべからざる根本モチーフなのである。

扶美子というのは一個の特異なキャラクターである。これはもともと不遜な性分の女であって、不遜といえば猛君にも、昂然と頭をもたげて人に譲らぬ不遜さの片鱗を垣間見せる時があった。彼女は自分の生の噴出を妨げるものに出会っても、決してそのまま引き退りはしない反逆的なエネルギーを内蔵するとともに、美貌の女にありがちな強い自意識の持ち主でもある。物事をほどほどに収める分別がなく、魅入られたように好んで破滅の淵ぎりぎりを歩もうとする。進んでことを荒立てようとするエキセントリックな人物で、こういう女性にとって当然生きることは痛苦そのものにほかならない。そしてその痛苦の果てに、自分を一個の人格としてそのまま受け入れてくれる愛に出会ったのであるから、この恋はそれまで何かに全身を託したことのなかった彼女にとって、生まれて初めての生への投企であった。作者はこういう投企が成就を妨げられる悲痛な物語、いわば切々たる悲恋の物語を書きたかったので、部落問題はそのために設定された大枠にすぎなかった。

こういう言い方はこの作品を部落問題という主題にそって読もうとする人びとの反感を買わずにはいないはずだ。先に断ったように猛君は確かにこの作品で未解放部落という社会問題を主題にすえており、そのために様々な勉強もしている。しかし作家熱田猛を深いところで動かしていたのはあくまで破滅に向かう恋の物語だった。

文学とは人間として全き生き方をしたいともがく欲求とそれを阻む現実との相克を描くものである。あらゆる恋愛文学はそのようなものであればこそ人の心を搏って来たのだ。猛君をつき動かしていたのも、そのような人間的に生きようとするところから生じる苦しみであって、部落問題はそのような相克を具体化する舞台設定にすぎなかった。この作品はモデルは存在しないが、ヒントといえるものは彼の身近かにあった。彼はそれまでミッションスクールとか警察とか療養所とか、自分の体験のうちに蓄積された素材を借りて、自分の本来のテーマを追求してきた。そのテーマとは、与えられた現実の中で何とか自己を実現しようともがく人間の悲喜劇的で切実な姿であり、『学用患者』のひねくれた老人も、『片隅の記憶』の悪徳を匂わせる警官たちも、つねにスカーフをかぶって痛ましい原爆の傷をかくし通そうとする少女も、みな何とかして人間らしく生きたいとうめき声を立てているのだった。部落問題はそのような人間のうめきを表現するための設定であった。彼がそれまでの作品の素材からすれば全く唐突に部落問題をとりあげたのも、それが扶美子という女の人間的な悲劇を表現するのにもっとも適切な外枠だったからにほかならない。彼が若死せずに創作を続けていたにしても、部落問題を再びとりあげることはなかったと私は信じる。『朝霧の中から』は当時十分な解決を与えられていなかった部落問題と正面から取り組みながら、その本質は成就せざる悲恋物語だった。読者を第一行からひきこむ切々たるトーンは、あなた、あなたと遠い木霊のように響く声は、この作品が猛君の唯一の恋愛小説であったことのゆらがぬ証左でなくして何だろうか。

『朝霧の中から』はだからきわめて古典的な小説なのである。これを部落問題に対する昭和三十年代の取り組みとして読もうとした野間以下の評者が不満を述べ立てたのも無理はなかった。猛君には三十年代の部落問題把握のもっとも高いレベルを示すような小説を書く気はもとからなかったのだ。彼の関心は社会というるつぼの中で人間が形成されるありかたに在り、そのような個と社会のせめぎあいが端的に表現されるのが人物の性格なのであった。しかしその性格こそ十九世紀文学の偉大な小説群が表現しようとした目標であり、二十世紀文学はまずこの性格なるものの解体から第一歩を踏み出したのである。その意味で猛君の作品は十九世紀文学的といえないことはない。前記「文学」の座談会の出席者たちが古いと評したのは、猛君の小説のこうした十九世紀文学的性格であったのかも知れない。「新熊本文学」の先輩作家だった吉良敏雄が熱田君の小説『残り火』を「例の古いリアリズムの手法」と評し、「熱田はなぜ構成や手法に何らかの試みをしない（の）だろうか」と疑問を呈しているのは全くの的はずれではなかった（「新日本文学」一九五七年九月号）。しかし、手法上の新しさを自負したはずの吉良自身の『棺桶製造工場』（「新日本文学」一九五六年度掲載）が今日作品として生命を保ちえていないのに対して、熱田君の諸作は今日なお読者の魂に呼びかけてくる。これがいわゆる文学の秘密というもので、この辺の機微は作家の誠実にかかわるとしかいいようがない。

当時のいわばアヴァンギャルド的な方法論議を省みると、表現の衝迫を欠いた方法の新しさなるものがいかに空しいか、痛感しないわけにはいかない。作者の誠実とはひとつには内面にたぎる葛藤の深さであり、さらにはそれを表現に定着させる構成と文体上の苦心である。猛君の内的衝迫がいかに深く、構成と文体において工夫がいかに周到であったかは、『朝霧の中から』を見れば明らかである。この小説は「あなた」という人物に対して書かれた手記の形をとっているが、最初はこの「あなた」が何者かわからぬのも実は作者の工夫なのである。物語は扶美子の生い立ち、その青春と進んでゆくが、それが扶美子のモノローグではなく、物語の奥に扶美子の語りに聞き耳を立てている人物がいるということが、作品全体の奥行きを深くしているのである。この重層的な構造を方法的工夫といわずして何と言おう。これは決して情念をたれ流したシンプルな作品ではない。二十世紀文学的な新しい手法をとり入れるなど、実はたやすいことなのだ。それを試みたところで、作品の内実は保証されはしない。猛君の作者としての方法的工夫は、表出すべき主題との緊密な結合の形でこらされており、それこそまさに彼の作家としての誠実だったのである。

遺作集一巻を読み終えて、猛君にとって私はどのような友でありえたのだろうかと自省する。猛君は作家としての成長のためなら何でも貪欲に消化しようとする人であったから、私が手紙で書き送った文学論議もいくらかの刺激ではありえたのかも知れない。しかし一九五六、七年当時、私はヴァージニア・ウルフとカフカに熱中していて、そういう私の関心が、内面の苦闘を、一見彼自身とは別人の諸性格の創造という媒介された方法で表現しようとしていた彼の試みに適切に交叉することができたとは到底思えない。結局彼は私などとは関係なしに、彼自身の内なる促しによって作品を書いたのだ。彼は最初から最後まで自分の足で歩いた作家であり、さらに大きな飛躍を前にして倒れたのだと思う。

あとがき

私はこの頃老衰の常として、いちじるしい短期記憶の喪失に見舞われているので、なんで両親に関する思い出話を書く気になったのか、今となっては思い出せない。ただ『新潮45』編集長の三重博一氏からの、何でもいいから書いてくれというご希望が頭の一隅にひっかかり続けて、こんなものでもよいかなと書き始めたということではなかったか。

続けて吉本隆明さんと橋川文三さんについて書く機会があり、この三本をまとめて本にしたいという気持が自然に生れた。この二つを入れるとなると、佐藤秀人師についてしゃべった記録も加えたくなる。こうなると、これまで生きて来て出会った人びと、特に私によくして下さったのにちゃんと酬いられなかった人びとの面影が浮かぶ。「ひとと逢う」という一文を書きおろさねばならなかったゆえんである。

本田啓吉、谷川雁、甲斐弦といったご縁の深かった人については、それぞれ文を草して著書にも収めているので、この一文では省いた。療養所時代の友や主治医の先生についてもすでに書いていて、これも本になっているので、同様に省いた。結局交遊録拾遺みたいになってしまったけれど、少年時のこれまであまり語っていない基礎的な経験について書けたのは、これで死ぬるとまではゆかぬが、心の荷をおろす意味はあったと思う。

橋川さんについては、『ナショナリズム』の解説だけでは肝心なことが言えていないので、旧稿を追加した。『熱田猛の思い出』はくどくどと、読者にとっては興味のもてぬ細事を述べていて、また作品論にしても、肝心の猛君の作品が世に知られていない以上、独りよがりを免れぬわけで、収録をためらったが、編集を担当なさった水野良美さんが、私の若き日の記録として読めるとおっしゃるのに力を得て、あえて収めることにした。水野さんにはこれで三冊本を作っていただく。ありがたいことだとは、むろん承知している。

二〇一六年六月一一日

著者識

初出一覧

父母の記　『新潮45』二〇一五年二月号、三月号
いい、ひとと逢う　書きおろし
吉本さんのこと　『吉本隆明〈未収録〉講演集1』月報（二〇一四年一二月）・『同2』月報（二〇一五年一月）・筑摩書房
橋川さんのこと　1 『橋川文三著作集2』月報（一九八五年九月）筑摩書房
2 橋川文三『ナショナリズム』（ちくま学芸文庫、二〇一五年八月）解説
佐藤先生のこと　『真宗寺御遠忌法要・愚かに帰れ』二〇一四年三月刊
熱田猛の思い出　『道標』四号・二〇〇三年四月刊

著者略歴

渡辺京二（わたなべ きょうじ）

1930年京都生まれ。大連一中、旧制第五高等学校文科を経て、法政大学社会学部卒業。評論家。河合文化教育研究所主任研究員。熊本市在住。主な著書に『北一輝』（毎日出版文化賞受賞、ちくま学芸文庫）、『逝きし世の面影』（和辻哲郎文化賞受賞、平凡社ライブラリー）、『黒船前夜』（大佛次郎賞受賞、洋泉社）、『未踏の野を過ぎて』『もうひとつのこの世 石牟礼道子の宇宙』『万象の訪れ』（いずれも弦書房）、『さらば、政治よ』（晶文社）、『近代の呪い』『幻影の明治』（いずれも平凡社）など多数。

父母《ちちはは》の記

——私的昭和の面影

二〇一六年八月一〇日 初版第一刷発行

著者 渡辺京二

発行者 西田裕一

発行所 株式会社平凡社

〒一〇一-〇〇五一

東京都千代田区神田神保町三-二九

電話 〇三-三二三〇-六五八一（編集）

〇三-三二三〇-六五七三（営業）

振替 〇〇一八〇-〇-二九六三九

装幀者 間村俊一

DTP 平凡社制作

印刷 株式会社東京印書館

製本 大口製本印刷株式会社

平凡社ホームページ http://www.heibonsha.co.jp/

ISBN978-4-582-83736-0

NDC 分類番号914.6 四六判（19.4cm） 総ページ256

落丁・乱丁本のお取り替えは小社読者サービス係まで直接お送りください（送料小社負担）